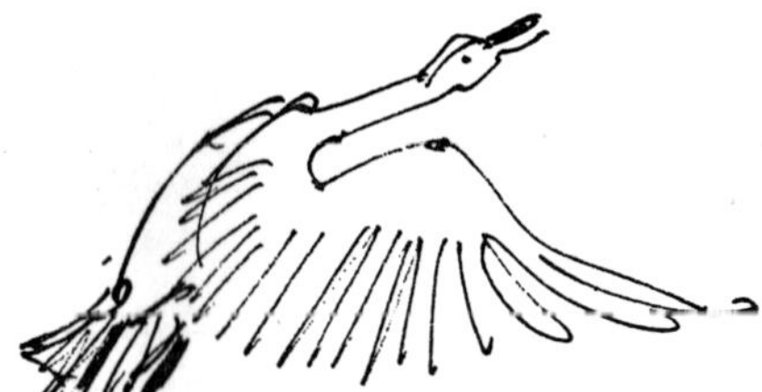

PAUL GALLICO

Pepino

Die Schneegans

Johannes Kiefel Verlag
Wuppertal-Barmen

Pepino

Für das,
was diese Erzählung zum Ausdruck bringen will,
ist die schöne Szenerie von Assisi unentbehrlich.

Die Gestalten
existieren jedoch nur in der Phantasie des Autors
und sind nicht wirklichen Personen nachgebildet.
Sie verdanken also ihre Eigenart lediglich
künstlerischen Motiven.

Nähert man sich Assisi auf der kreidigen, staubigen Straße, die sich den Monte Subasio hinaufwindet und, während sie sich durch Oliven- und Zypressenhaine weiterschlängelt, die köstliche kleine Stadt unserem Blick bald enthüllt, bald verbirgt, gelangt man schließlich an eine Stelle, wo man sich zwischen einem oberen und einem unteren Weg entscheiden muß.

Wählst du den letzteren, wirst du Assisi alsbald durch den aus dem zwölften Jahrhundert stammenden Torbogen der gezackten Pforte des heiligen Franziskus betreten. Wählst du aber, verlockt von der klaren Luft, dem Verlangen, noch höher zu dem blauen Baldachin des italienischen Himmels emporzusteigen und die herrliche Aussicht auf das fruchtbare umbrische Tal dort unten noch unbeschränkter zu genießen, den oberen Weg, gerätst du an seinem Ende mit deinem Fuhrwerk unweigerlich in das Menschengewühl, das bunte Durcheinander von Ochsen, Ziegen, brüllenden Kälbern, Maultieren, Federvieh, Kindern, Schweinen, Buden und Karren, das sich auf dem Marktplatz außerhalb der Stadtmauern zusammendrängt. Hier würdest du höchstwahrscheinlich auch Pepino mit seiner Eselin Violetta antreffen, schwer beschäftigt und bereit, sich jeder Arbeit zuzuwenden, durch die ein kleiner Junge und ein kräftiges, williges Lasttier sich die zerknitterten Zehn- und Zwanziglirescheine verdienen können, die nötig sind, um Essen zu kaufen und das Nachtquartier in der Scheune von Niccolo, dem Stallknecht, zu bezahlen. Pepino und Violetta waren einander alles. In Assisi und seiner unmittelbaren Umgebung waren die beiden ein vertrauter Anblick: der schmächtige Junge, zerlumpt und barfüßig, mit den ungewöhnlich großen dunklen Augen, den abstehenden Ohren und dem kurzgeschnittenen strubbeligen Haar, und die staubbedeckte kleine Eselin mit dem Mona-Lisa-Lächeln. Pepino war zehn Jahre alt und völlig verwaist, da sein Vater, seine Mutter und seine nächsten Ver-

wandten im Krieg ums Leben kamen. An Selbstvertrauen, Klugheit und Benehmen übertraf er freilich die Jungen seines Alters, wozu seine Unabhängigkeit nicht wenig beitrug, denn Pepino war insofern ein besonderes Waisenkind, als er ein Erbe besaß und deshalb nicht auf den Beistand anderer Menschen angewiesen war. Dieses Erbe war Violetta.

Sie war eine gute, nützliche und fügsame Eselin und sah mit ihren langen, spitz zulaufenden braunen Ohren, den freundlichen sanften Augen und dem weichen taupefarbenen Maul wie alle anderen Esel aus, mit einer Ausnahme, die sie von ihren Artgenossen unterschied. Violetta hatte nämlich einen eigentümlichen Ausdruck um ihre Lefzen, als lächle sie ein wenig über irgend etwas, was sie belustigte oder erfreute. Was immer sie auch tat oder wieviel man ihr auch zumutete, schien sie daher jede Arbeit mit einem Lächeln stiller Zufriedenheit auszuführen. Die Verbindung von Pepinos dunklen strahlenden Augen und Violettas Lächeln war so harmonisch, daß die Leute eine Vorliebe für die beiden faßten und sie in der Lage waren, nicht nur genug für ihren Lebensunterhalt zu verdienen, sondern, wohlberaten und unterstützt von Pater Damico, dem Pfarrer ihres Kirchspiels, auch etwas Geld auf die hohe Kante zu legen.

Es gab alle möglichen Dinge, die sie tun konnten – Holz und Wasser schleppen; in den runden Körben, die bei jedem Schritt gegen Violettas Flanken schlugen, eingekaufte Waren austragen; sich dazu verdingen, einen festgefahrenen Wagen mit aus dem Dreck zu ziehen; bei der Olivenernte helfen und gelegentlich sogar einen Bürger, der vom Wein zu benebelt war, um zu Fuß nach Hause zu gelangen, mittels eines vierbeinigen Taxis heimzubefördern, wobei Pepino nebenher schritt, um aufzupassen, daß der Betrunkene nicht herunterfiel. Aber dies war nicht der einzige Grund für die Liebe, die den Knaben mit der Eselin verband, denn Violetta bedeutete ihm viel mehr als nur die Möglichkeit, sein Auskommen zu finden. Sie war ihm Mutter und Vater, Bruder und Spielkamerad, ein Gefährte und ein Trost. Nachts, im Stroh von Niccolos Stall, schlief Pepino, wenn es kalt war, dicht an sie geschmiegt und benutzte ihren Hals als Kopfkissen.

Da die Gebirgslandschaft eine rauhe Welt für einen kleinen Jungen ist, verletzte er sich manchmal und war mitunter ganz erschöpft, und dann kroch er zu ihr und suchte Trost bei ihr, und Violetta beschnupperte dann zart seine Wunden. War ihm froh ums Herz, sang er ihr Lieder ins wedelnde Ohr; war er aber wehmütig gestimmt und fühlte sich einsam, konnte er den Kopf gegen ihre weiche warme Flanke lehnen und seinen Tränen freien Lauf lassen. Er wiederum fütterte und tränkte sie, durchsuchte ihr Fell nach Zecken und Parasiten, klaubte ihr Steine aus den Hufen, kratzte, striegelte und pflegte sie und überschüttete sie mit Zärtlichkeiten, besonders, wenn sie allein waren; doch auch vor den Leuten schlug er sie mit dem Treiberstecken nie mehr als unbedingt nötig. Für diese gute Behandlung machte Violetta einen Gott aus Pepino und lohnte es ihm mit Treue, Gehorsam und Anhänglichkeit.

Als daher Violetta an einem der ersten Frühlingstage krank wurde, war dies für Pepino schlimmer als alles, was ihm bisher je zugestoßen war. Es begann zunächst mit einer ungewöhnlichen Stumpfheit, die weder auf den Stock noch auf Liebkosungen noch auf die helle junge Stimme reagierte, die Violetta antrieb. Später bemerkte Pepino noch andere Symptome und eine sichtliche Abnahme ihres Gewichts. Ihre früher so wohlgepolsterten Rippen traten jetzt unter der Haut immer deutlicher hervor. Doch am traurigsten war es, daß Violetta durch eine Veränderung ihrer Kopfform, die eine Folge des Abmagerns war, oder aus Kummer über ihr Kranksein ihr bezauberndes und liebenswertes Lächeln verlor.

Pepino griff daher seinen so sorgfältig gehüteten Schatz an Lirescheinen an, trennte sich von mehreren Banknoten mit der eindrucksvollen Zahl hundert und ließ Dr. Bartoli, den Tierarzt, kommen. Der Veterinär untersuchte Violetta im guten Glauben, ihr helfen zu können, verschrieb ihr eine Medizin und gab sich alle Mühe um die Patientin; aber ihr Zustand besserte sich nicht, und sie magerte statt dessen noch mehr ab und wurde immer schwächer. Da brummte er vor sich hin und erklärte schließlich: „Ja, da ist es schwer, etwas zu sagen. Es kann ebensogut der Stich einer in dieser Gegend noch unbekannten Fliege wie auch etwas anderes sein, zum Beispiel ein Bazillus, der sich in den Eingeweiden festgesetzt hat." Eins von beiden, woher sollte man das wissen? In Foligno hatte es einen ähnlichen Fall gegeben und einen zweiten in einer noch entfernteren Stadt. Er empfahl, die Eselin liegen zu lassen und ihr nur wenig zu fressen zu geben. Sollte die Krankheit vergehen und Gott es so wollen, würde sie am Leben bleiben. Wenn nicht, würde sie bestimmt sterben, und dann würde ihr Leiden ein Ende haben.

Als der Veterinär gegangen war, legte Pepino seinen Struwwelkopf an Violettas schwer atmende Flanke und weinte hemmungslos. Doch als dieser Tränenstrom, den die Angst, seinen einzigen Gefährten in dieser Welt zu verlieren, heraufbeschworen hatte, dann versiegte, wußte er, was er tun mußte. Wenn es auf Erden für Violetta keine Hilfe gab, mußte sein Notruf dort oben vorgebracht werden. Sein Plan war nichts Geringeres, als Violetta in das Grabgewölbe unter dem Kirchenschiff der Basilika des heiligen Franziskus zu führen. Dort, wo die Gebeine des Heiligen ruhten, der Gottes Geschöpfe so innig geliebt hatte einschließlich all der gefiederten und vierfüßigen Brüder und Schwestern, die ihm dienten, dort wollte er St. Franziskus bitten, die Kranke zu heilen. Pepino zweifelte nicht daran, daß der Heilige das tun würde, wenn er Violetta sah.

Diese Dinge wußte Pepino von Pater Damico, der von dem heiligen Franziskus stets wie von einem lebendigen Menschen sprach, dem man in seiner ausgefransten, in der Mitte von einem Hanfstrick umgürteten Kutte noch immer begegnen könne, einfach, indem man am Hauptplatz von Assisi um eine Ecke bog oder durch eine der schmalen Straßen mit dem holprigen Kopfsteinpflaster ging.

Und außerdem hatte es ja schon einen solchen Fall gegeben. Giani, sein Freund, der Sohn von Niccolo, dem Stallknecht, hatte seine kranke Katze in das Grabgewölbe mitgenommen und den heiligen Franziskus gebeten, sie zu heilen, und die Katze war wieder gesund geworden – wenn auch nicht ganz, sie schleifte ihre Hinterpfoten noch etwas nach; aber jedenfalls war sie nicht gestorben. Pepino hatte das Gefühl, daß, wenn Violetta sterben sollte, auch für ihn alles zu Ende wäre.

Deshalb überredete er – was ihm nur mit großer Mühe gelang – die kranke und wacklige Eselin, sich zu erheben, und mit flehentlichen Bitten und Liebkosungen und sparsamstem Gebrauch des Steckens trieb er sie durch die krummen Gassen von Assisi und den Hügel zur Basilika hinauf. An dem schönen Zwillingsportal der unteren Kirche bat er Fra Bernard, der dort Dienst tat, respektvoll um die Erlaubnis, Violetta hinunter zum Grabe des heiligen Franziskus zu führen, damit dieser große Tierfreund seine Eselin wieder gesund mache. Fra Bernard war ein neuer Mönch und erboste sich so heftig über Pepinos Bitte, daß er ihn einen gottlosen Spitzbuben schalt und ihm befahl, sich mit seinem Esel schleunigst aus dem Staub zu machen. Es sei streng verboten, irgendwelches Viehzeug in die Kirche mitzunehmen, und schon der bloße Gedanke daran, einen Esel in die Krypta des heiligen Franziskus zu führen, sei eine Entweihung. Und außerdem, wie stelle er sich das überhaupt vor, das Tier da hinunterzubringen, wo doch die schmale Wendeltreppe schon für Menschen kaum breit genug sei, selbst, wenn sie im Gänsemarsch hinunterstiegen, geschweige denn für vierbeinige Kreaturen. Pepino sei zweifellos nicht nur ein unnützer Lausejunge, sondern auch ein Dummkopf.

Den Arm um Violettas Hals geschlungen, kehrte Pepino, wie befohlen, auf der Stelle wieder um und überlegte sich, was er tun müsse, um seinen Zweck zu erreichen, denn obwohl ihn die Abfuhr, die er eben erhalten hatte, tief enttäuschte, ließ er sich dadurch keineswegs entmutigen.
Trotz des tragischen Geschicks, das Pepino in so jungen Jahren betroffen und seiner Familie beraubt hatte, hielt er sich, im Vergleich zu vielen anderen, doch für einen Jungen, der sich sehr glücklich schätzen konnte, da er ja nicht nur ein Erbe besaß, das ihm half, seinen Lebensunterhalt zu verdienen, sondern überdies auch eine goldene Lebensregel. Diese Maxime, der Schlüssel zum Erfolg, war Pepino, zusammen mit Schokoladeriegeln, Kaugummi, Erdnüssen, Seife und anderen Köstlichkeiten, von einem Unteroffizier der amerikanischen Armee hinterlassen worden, der sechs Monate lang in der Nähe von Assisi stationiert und während dieser Zeit Pepinos Abgott gewesen war. Er hieß Francis Xavier O'Halloran, und bevor er für immer aus Pepinos Leben verschwand, hatte er ihm noch gesagt: „Wenn du es in dieser Welt zu etwas bringen willst,

Kleiner, laß dich nie mit einem Nein abspeisen! Kapiert?" Und Pepino hatte diesen guten Rat auch nicht vergessen.
Er war sich nun über seinen nächsten Schritt durchaus im klaren; trotzdem ging er erst noch zu Pater Damico, seinem alten Freund und Berater, um dessen Meinung zu hören.
Pater Damico, der einen hellen Kopf, leuchtende Augen und so breite Schultern hatte, als seien sie eigens dafür geschaffen, die schwere Bürde zu tragen, die ihm seine Pfarrkinder auferlegten, sagte: „Es steht dir durchaus frei, mein Sohn, dein Anliegen dem Guardian vorzutragen, und es steht in seiner Macht, es dir zu gewähren oder zu verweigern."
Es war nicht etwa boshaft von ihm gemeint, wenn er Pepino so ermutigte, doch spielte dabei auch der Gedanke mit, daß es gar nicht schaden könne, dem Guardian dieses Beispiel eines reinen unschuldigen Kinderglaubens vor Augen zu führen. Denn seiner innersten Überzeugung nach kümmerte sich dieser ehrenwerte Mann um die Zwillingskirchen, aus denen die Basilika gebildet wurde, und um die Krypta viel zu sehr unter dem Gesichtswinkel ihrer Anziehungskraft auf die Touristen. Er, Pater Damico, konnte nicht einsehen, warum man dem Kind seinen Wunsch nicht erfüllen sollte, aber es war ja nicht seine Sache, darüber zu befinden. Immerhin war er

neugierig, wie der Guardian sich verhalten würde, obgleich er das schon zu wissen glaubte. Er teilte jedoch seine Befürchtungen Pepino nicht mit und rief ihm nur, als er fortging, noch nach: „Und wenn deine kleine Kranke von oben nicht hineingebracht werden kann, gibt es unten noch einen anderen Eingang, durch die alte Kirche! Er ist nur vor mehr als hundert Jahren zugemauert worden. Aber er könnte geöffnet werden. Daran kannst du den Guardian erinnern, wenn du mit ihm sprichst. Er weiß, wo sich dieser Eingang befindet."
Pepino dankte ihm und ging allein zu der Basilika und dem dazugehörenden Mönchskloster zurück und bat um die Erlaubnis, den Guardian sprechen zu dürfen.
Diese hohe Persönlichkeit war ein zugänglicher Mensch, und obwohl er gerade in ein Gespräch mit dem Bischof vertieft war, ließ er Pepino kommen, der daraufhin einen der Kreuzgänge des Klostergartens betrat, wo er respektvoll wartete, bis die beiden geistlichen Herren ihre Unterhaltung beendet haben würden.
Die beiden Würdenträger gingen auf und ab, und Pepino wünschte, es wäre der Bischof, der zu seiner Bitte ja oder nein zu sagen hätte, da er viel gütiger aussah, während der Guardian mehr den Gesichtsausdruck eines Kaufmanns zu haben schien. Der

Junge spitzte die Ohren, weil die beiden zufällig von dem heiligen Franziskus sprachen und der Bischof gerade mit einem Seufzer bemerkte: „Es ist zu lange her, seit er von dieser Erde geschieden ist. Die Lehre seines Lebens ist jedem klar, der lesen kann. Aber wer nimmt sich heutzutage noch die Zeit dafür?"

„Sein Grab in der Krypta zieht viele Menschen nach Assisi", sagte der Guardian, „doch in einem Heiligen Jahr sind die Reliquien sogar noch mehr gefragt. Wenn wir nur die Zunge des Heiligen hätten oder eine Locke von seinem Haar oder wenigstens einen Fingernagel!"

Der Bischof hatte einen verträumten Ausdruck in seinen Augen, und er schüttelte leicht den Kopf. „Es ist eine Botschaft, die wir nötig haben, mein lieber Guardian, eine Botschaft von einem großen Herzen, das über die Kluft von sieben Jahrhunderten hinweg zu uns spricht, um uns an den rechten Weg zu erinnern." Und hier hielt er inne und hüstelte, denn er war ein höflicher Mann und hatte den wartenden Pepino bemerkt.
Der Guardian drehte sich ebenfalls um und sagte: „Ach ja, mein Sohn, was kann ich denn für dich tun?"
Pepino sagte: „Bitte, Euer Gnaden, meine Eselin Violetta ist sehr krank. Dr. Bartoli hat gesagt, daß er nichts mehr tun kann und sie vielleicht sterben wird. Bitte, ich möchte so gern die Erlaubnis haben, sie hinunter in die Gruft zum Grab des heiligen Franziskus zu führen und ihn zu bitten, sie zu heilen. Er hat doch alle Tiere so geliebt und besonders kleine Esel. Er wird sie bestimmt wieder gesund machen."
Der Guardian machte ein ganz entsetztes Gesicht. „Einen Esel! In die Krypta! Wie bist du denn nur auf diesen Gedanken gekommen?"
Pepino erzählte ihm von Giani und dessen kranker Katze, während der Bischof sich abwandte, um ein Lächeln zu verbergen.

Der Guardian jedoch lächelte nicht. „Wie hat dieser Giani es denn fertiggebracht, eine Katze in die Gruft zu schmuggeln?“ fragte er.
Da ja alles längst vorbei war, sah Pepino keinen Grund, warum er es ihm nicht sagen sollte, und erwiderte: „Unter seinem Mantel, Euer Gnaden.“
Der Guardian machte sich in Gedanken eine Notiz, die Brüder zu ermahnen, in Zukunft auf kleine Jungen oder andere Personen mit verdächtigen Ausbuchtungen ihrer Überkleidung ein schärferes Auge zu haben.
„Natürlich können wir so etwas nicht dulden“, sagte er. „Sonst würde jeder kommen und einen kranken Hund oder einen Ochsen oder eine Ziege oder sogar ein Schwein anbringen. Und was hätten wir dann? Buchstäblich einen Schweinestall!“ – „Aber Euer Gnaden“, flehte Pepino, „es braucht ja niemand zu wissen. Wir würden bestimmt so schnell kommen und gehen, daß es niemand merkt.“ Der Guardian ließ sich die Sache durch den Kopf gehen. Der Junge hatte etwas Rührendes an sich – mit diesem runden Kopf, den übergroßen Augen und den Henkelohren. Und trotzdem, wenn er es nun erlaubte und die Eselin dann doch krepierte, was sie höchstwahrscheinlich auch tun würde, da Dr. Bartoli ja gesagt hatte, es bestehe keine Hoffnung mehr, sie durchzubringen! Das würde sich sehr bald

herumsprechen, und das Ansehen der geweihten Stätte würde darunter leiden. Er fragte sich, wie wohl der Bischof darüber dachte und wie dieser das Problem lösen würde.

Ausweichend antwortete er: „Und außerdem, wenn wir es auch erlauben, würdest du deine Eselin doch niemals um die letzte Biegung unten an der Treppe herumbekommen. Du siehst also, daß es einfach unmöglich ist."

„Aber es gibt doch noch einen anderen Eingang", sagte Pepino. „Von der alten Kirche her. Ich weiß, daß er lange Zeit nicht benutzt worden ist, aber könnte er nicht nur für dieses eine Mal geöffnet werden – ginge das nicht?"

Der Guardian war empört. „Was sagst du da – das Eigentum der Kirche zerstören? Der Eingang ist vor mehr als einem Jahrhundert zugemauert und nie wieder benutzt worden, seit die neue Krypta gebaut wurde."

Der Bischof glaubte einen Ausweg gefunden zu haben und sagte gütig zu dem Jungen:

„Warum gehst du denn nicht nach Hause und betest zum heiligen Franziskus, daß er dir beistehen möge? Wenn du ihm dein Herz öffnest und den wahren Glauben hast, wird er dich gewiß hören."

„Aber das wäre nicht dasselbe", rief Pepino, und seine Stimme zitterte, weil ihm das Schluchzen schon in der Kehle saß. „Ich muß sie dahin bringen, wo der heilige Franziskus sie auch sehen kann. Sie ist nicht nur irgendein alter Esel – Violetta hat ein so liebes Lächeln wie kein anderes Tier. Sie lächelt bloß nicht mehr, seit sie so krank geworden ist. Aber vielleicht würde sie es für den heiligen Franziskus noch einmal tun. Und wenn er sie lächeln sieht, wird er ihr bestimmt nicht widerstehen können und sie wieder gesund machen. Ich weiß, daß er das tun würde."

Der Guardian kannte seinen eigenen Standpunkt jetzt und sagte: „Es tut mir leid, mein Sohn, aber die Antwort ist nein."

Doch trotz seiner Verzweiflung und der bitteren Tränen, die er auf dem Heimweg vergoß, wußte Pepino, daß er sich mit dem Nein nicht abspeisen lassen durfte, wenn seine Eselin Violetta am Leben bleiben sollte.

„Wen gibt es denn da noch?" fragte Pepino Pater Damico später.

„Wer steht denn über dem Guardian und dem Herrn Bischof, der ihnen sagen könnte, sie sollten mich mit Violetta in die Gruft lassen?"

Pater Damico brach der kalte Schweiß aus, als er an die schwindelerregende Hierarchie zwischen Assisi und Rom dachte. Dennoch erklärte er sie dem Jungen, so gut er konnte, und schloß mit den Worten: „Und an der Spitze steht Seine Heiligkeit, der Papst. Ihm würde es bestimmt zu Herzen gehen, wenn du ihm erzählen könntest, was geschehen ist, denn er ist ein großer und gütiger Mensch. Aber er ist sehr mit äußerst wichtigen und dringlichen Angelegenheiten beschäftigt, Pepino, und es würde ihm gar nicht möglich sein, dich zu empfangen."

Pepino ging wieder heim in Niccolos Stall, wo er Violetta versorgte, sie fütterte und tränkte und ihr wohl hundertmal zärtlich über das Maul strich. Dann nahm er aus dem Steinkrug, den er im Stroh versteckt hatte, sein Geld heraus und zählte es. Er besaß noch fast 300 Lire. Hundert legte er beiseite und versprach sie seinem Freund Giani, wenn er Violetta während Pepinos Abwesenheit so gut versorgen wolle, als gehöre sie ihm. Dann streichelte er Violetta noch einmal, wischte sich die Tränen fort, die ihm wieder in die Augen stiegen, als er sah, wie mager sie war, zog seine Jacke an und ging hinaus auf die Landstraße, wo er seinen Daumen hochhielt, wie er es von dem Unteroffizier Francis Xavier O'Halloran gelernt hatte, und daraufhin von einem Lieferwagen mitgenommen wurde, der nach Foligno und zur großen Autostraße fuhr. So machte er sich auf den Weg nach Rom, um den Heiligen Vater zu besuchen.

Noch nie hatte ein kleiner Junge so winzig und so verloren ausgesehen wie Pepino, als er da auf dem riesengroßen und – da es früh am Morgen war – fast menschenleeren Platz von St. Peter stand. All die berühmten Bauwerke ragten turmhoch über ihm auf – die gewaltige Kuppel der Peterskirche, der Obelisk des Caligula, die Bernini-Kolonnaden. Und diese ganze Pracht ließ ihn mit seinen bloßen Füßen, den ausgefransten Hosen und der zerschlissenen Jacke so armselig und jämmerlich erscheinen. Noch nie hatte sich ein Junge so überwältigt, so einsam und so verängstigt gefühlt und noch nie eine so drückende Last des Kummers auf seinem Herzen gespürt. Denn jetzt, als er endlich in Rom angelangt war, drohten die gewaltigen Ausmaße der Gebäude und Denkmäler ihm den Mut zu nehmen, und ihm dämmerte eine Ahnung davon auf, daß gar keine Aussicht darauf bestand, mit seinem Anliegen bis zum Heiligen Vater vorzudringen. Und dann sah er wieder das Bild der traurigen kleinen Eselin mit ihren zitternden Flanken und verschleierten Augen vor sich, seiner kranken Violetta, die nicht mehr lächelte und sicherlich sterben würde, wenn er keine Hilfe für sie fand. Dieser Gedanke befähigte ihn schließlich, den großen Platz zu überqueren, und zaghaft steuerte er nun auf einen der kleineren Seiteneingänge des Vatikans zu.

Der wachhabende Schweizergardist sah in seiner rot-gelb-blauen Uniform und mit der langen Hellebarde riesengroß und furchterregend aus, aber Pepino brachte es trotzdem über sich, vor ihn hinzutreten und ihm zu sagen: „Würden Sie mich bitte zum Papst führen? Ich möchte ihn so gern wegen meiner Eselin Violetta sprechen, die sehr krank ist und vielleicht sterben muß, wenn der Heilige Vater mir nicht hilft.“ Der Wachtposten lächelte, aber nicht unfreundlich, denn solche ahnungslosen und unschuldigen Bitten waren ihm nichts Neues, und daß dieses Anliegen von einem schmutzigen, zerlumpten kleinen Jungen vorgebracht wurde mit Augen wie schwarze Tintenkleckse und einem Kopf, von dem die Ohren abstanden wie der Henkel bei einem Milchkrug, machte die Sache nur noch harmloser. Dennoch schüttelte er den Kopf, während er lächelnd sagte, daß Seine Heiligkeit sehr beschäftigt und nicht zu sprechen sei. Dabei ließ er seine Hellebarde direkt vor der Pforte mit einem dumpfen Dröhnen auf den Boden fallen, um zu zeigen, daß er es ernst meinte. Pepino trat den Rückzug an. Was nützte ihm seine goldene Lebensregel angesichts solcher Macht und Herrlichkeit? Und doch sagte

ihm die Erinnerung an das, was Unteroffizier O'Halloran ihm eingeschärft hatte, daß er jedenfalls noch einmal zum Vatikan zurückkehren müsse.
An der einen Seite des Platzes sah er unter einem Sonnenschirm eine alte Frau sitzen, die Sträußchen und kleine Buketts von Frühlingsblumen verkaufte – gelbe und weiße Narzissen, Jonquillen und Schneeglöckchen, Parmaveilchen und Maiglöckchen, verschiedenfarbige Nelken, Stiefmütterchen und winzige Moosröschen. Manche Leute, die den Petersdom besuchten, pflegten diese Sträußchen auf dem Altar ihres Lieblingsheiligen niederzulegen. Die Blumen kamen ganz frisch vom Markt, und viele hatten noch glitzernde Wassertropfen an ihren Blütenblättern hängen.
Pepino mußte bei ihrem Anblick an daheim und an Pater Damico denken und daß dieser ihm erzählt hatte, wie sehr der heilige Franziskus die Blumen geliebt habe. Pater Damico hatte die Gabe, alles, was er dachte und sagte, in solche Worte zu kleiden, daß es wie Poesie klang; und wenn Sankt Franziskus, der doch ein heiliger Mann gewesen war, Blumen so gern gehabt hatte, überlegte sich Pepino, würde vielleicht der Papst, der seinem Rang nach sogar noch heiliger war, sie auch lieben. So kaufte er für fünfzig Lire ein winziges Bukett, in dem ein Maiglöckchenstengel aus einem Kranz dunkler Veil-

chen und kleiner Röschen hervorragte, die rundum mit gelben Stiefmütterchen und dann noch mit Farnblättern und Papierspitze zusammengebunden waren.
An einem Stand, wo Postkarten und Andenken verkauft wurden, erbat er sich Papier und Bleistift und verfaßte mit viel Kopfzerbrechen folgenden Brief:

Lieber und sehr heiliger Vater! Diese Blumen sind für Dich. Bitte laß mich Dich besuchen, weil ich Dir von meiner Eselin Violetta erzählen möchte, die im

Sterben liegt, aber sie erlauben mir nicht, sie zum heiligen Franziskus zu bringen, damit er sie wieder gesund macht. Ich wohne nämlich in Assisi, aber ich bin den ganzen weiten Weg hergekommen, nur um Dich zu sprechen.

Dein Dich liebender Pepino

Daraufhin ging er zu der Tür zurück, drückte dem Schweizergardisten das Bukett und das Briefchen in die Hand und sagte in flehendem Ton: „Bitte, bring das dem Papst hinauf. Wenn er die Blumen kriegt und liest, was ich geschrieben habe, wird er mich bestimmt empfangen.“ Das hatte der Gardist nicht erwartet. Das Kind und die Blumen stellten ihn plötzlich vor ein Dilemma, dem er sich angesichts dieser großen, ihn so vertrauensvoll anblikkenden Augen nicht zu entziehen vermochte. Er besaß jedoch einige Übung darin, mit einer solchen Situation fertig zu werden. Er brauchte sich nur von einem Kameraden vertreten zu lassen, in die Wachtstube zu gehen, Blumen und Briefchen in den Papierkorb zu werfen, lange genug wegzubleiben und dann dem Jungen zu sagen, daß Seine Heiligkeit ihm für den hübschen kleinen Strauß herzlich danke und bedaure, daß er von seinen Pflichten zu sehr in Anspruch genommen sei, um ihm eine Audienz zu gewähren.

Den ersten Akt dieser kleinen Komödie setzte der Gardist sogleich in Szene, doch als es galt, den nächsten Schritt zu tun, bemerkte er zu seinem Erstaunen, daß er es einfach nicht übers Herz brachte. Da drüben gähnte ihn der Papierkorb an, bereit, die Gabe zu empfangen, doch das kleine Bukett schien an seinen Fingern festzukleben. Wie schön, wie frisch und kühl diese Blumen waren! Welche Erinnerungen sie in ihm heraufbeschworen an den Frühling in den grünen Tälern des fernen Kantons Luzern! Er sah wieder die schneebedeckten Berge seiner Heimat vor sich, die kleinen Pfefferkuchenhäuschen, das graue sanftäugige Vieh, das auf den blütenübersäten Wiesenteppichen weidete, und er hörte das herzerwärmende Geläute der Kuhglocken. Ganz benommen von dem, was ihm geschehen war, verließ er die Wachtstube und wanderte durch die Korridore, denn er wußte nicht, wohin er gehen oder was er mit seiner Bürde anfangen sollte. Schließlich begegnete ihm ein Priester, einer aus der großen Schar, die im Vatikan als Sekretäre angestellt sind, ein kleiner Monsignore, der erst geschäftig weitereilen wollte, aber überrascht stehenblieb, als er sah, wie der stämmige Gardist ratlos auf ein winziges Blumenbukett starrte.

Und so geschah zunächst das kleinere Wunder, daß Pepinos Bittgesuch und Angebinde im Palast jene Grenze überschritten, welche die weltliche Sphäre von der geistlichen, die Laien-Welt von der klerikalen trennt.

Denn zur großen Erleichterung des Gardisten nahm ihm der Monsignore die beiden Dinge, die ihm in den Fingern brannten und deren er sich nicht zu entledigen vermocht hatte, aus der Hand; und diesen Priester rührten sie auch, da den Blumen, obwohl es doch überall welche gibt und ihre verschiedenen Arten über die ganze Welt verbreitet sind, die besondere Macht eigen ist, in jedem Beschauer liebe und teure Erinnerungen zu wecken.

Auf diese Weise wanderte das kleine Bukett von Hand zu Hand weiter und höher hinauf, wobei es vorübergehend in den Besitz des Oberstkämmerers und Vorstehers der Apostolischen Paläste, des Geheimen Almosenmeisters, des Päpstlichen Sakristans und des Päpstlichen Kammerherrn gelangte. Der Tau auf den Blumen verdunstete; sie verloren ihre Frische und fingen an zu welken, während sie so von Hand zu Hand gingen. Und dennoch bewahrten sie ihre Zauberkraft als eine Botschaft der Liebe und der Erinnerungen, die es jedem dieser Mittelsmänner unmöglich machte, sie fortzuwerfen.

Schließlich wurden sie zusammen mit dem kurzen Begleitschreiben auf den Schreibtisch des Mannes gelegt, für den sie bestimmt waren. Er las das Briefchen und saß dann eine Weile schweigend da und betrachtete nachdenklich die Blumen. Ein paar Sekunden lang schloß er die Augen, um das Bild, das in ihm aufstieg, besser wahrnehmen zu können: sich selbst als kleinen Jungen, der eines Sonntags aus Rom in die Albanerberge mitgenommen wurde, wo er zum erstenmal Veilchen wild wachsen sah. Als er die Augen wieder aufschlug, sagte er zu seinem Sekretär: „Bringt mir das Kind her. Ich will mit ihm sprechen."
So kam es, daß Pepino zu guter Letzt doch zum Papst geführt wurde, der in seinem Arbeitszimmer an seinem Schreibtisch saß. Dicht neben ihm thronte Pepino nun auf der Kante eines hohen Stuhls und erzählte ihm die ganze Geschichte von Violetta, seinem glühenden Wunsch, sie in die Gruft zum Grab des heiligen Franziskus mitzunehmen, von dem Guardian, der ihn daran hinderte, und auch von Pater Damico und dem zweiten Eingang zur Krypta, von Violettas Lächeln und seiner Liebe zu ihr – kurz, alles, was er auf dem Herzen hatte und was er nun ohne Scheu dem sympathischen Mann am Schreibtisch anvertraute, der ihn so freundlich anhörte.

Und als man ihn nach einer halben Stunde aus dem Zimmer führte, hielt er sich für den glücklichsten Jungen in der ganzen Welt, denn er hatte nicht nur den Segen des Papstes, sondern trug, unter seiner Jacke, auch zwei Briefe bei sich. Der eine war an den Guardian und Vorsteher der Laienbrüder des Mönchsklosters von Assisi gerichtet und der andere an Pater Damico. Als er an dem erstaunten, aber frohen Wachtposten der Schweizergarde vorbei wieder auf den Petersplatz hinaustrat, fühlte er sich nicht mehr so klein und überwältigt. Er hatte das Gefühl, als könne er mit einem Sprung zu seiner Violetta zurückfliegen.

Trotzdem mußte er sich darum kümmern, wie er am zweckmäßigsten heimkam. Er erfragte sich den Weg zu einem Autobus, mit dem er bis zu der Stelle fuhr, wo die Via Flaminia in eine Landstraße ausläuft, die nach Norden führt. Dort hielt er den Daumen hoch und hatte, auch dank seiner sprechenden Augen, das Glück, noch vor Anbruch der Nacht am selben Tag wieder daheim in Assisi zu sein.

Nachdem er sich zunächst vergewissert hatte, daß Violetta inzwischen wohl versorgt worden war und es ihr wenigstens nicht schlechter ging als vor seiner Abreise, eilte Pepino voller Stolz zu Pater Damico und übergab ihm die beiden Briefe, wie man es ihm aufgetragen hatte.

Der Pater betastete erst den an den Guardian adressierten Umschlag und dann las er, von einem warmen Glücksgefühl durchflutet, den an ihn selbst gerichteten Brief. „Morgen", sagte er zu Pepino, „werden wir dem Guardian beide zusammen seinen Brief bringen. Er wird sofort die Maurer bestellen, die alte Tür wird niedergerissen werden, und dann wirst du deine Violetta in die Gruft führen und dort für ihre Genesung beten können. Der Heilige Vater in Rom hat es persönlich genehmigt."

Die Briefe hatte der Papst natürlich nicht selbst geschrieben. Sie waren, gestützt auf die päpstliche Autorität, mit großem Vergnügen und merklicher Befriedigung von dem Kardinalsekretär verfaßt worden, der in seiner Botschaft an Pater Damico schrieb:

Der Guardian wisse doch sicherlich, daß der segensreiche heilige Franziskus sich während seiner Lebenszeit auch in die Kirche von einem kleinen Lamm begleiten ließ, das ihm in Assisi überallhin folgte. Und ist denn ein *asinus*, nur, weil er ein rauheres Fell und längere Ohren hat, ein geringeres Geschöpf Gottes?

Und er kam in dem Brief auch noch auf etwas anderes zu sprechen, was Pater Damico Pepino auf seine eigene Weise mitteilte.

„Pepino", sagte er, „es gibt da etwas, was du begreifen mußt, bevor wir den Guardian aufsuchen. Du hoffst, daß der heilige Franziskus dir, weil du an ihn glaubst, helfen und deine Eselin wieder gesund machen wird. Aber hast du schon einmal daran gedacht, daß er, der sich aller Geschöpfe Gottes so liebevoll angenommen hat, Violetta vielleicht so liebgewinnen wird, daß er sie in der Ewigkeit an seiner Seite haben möchte?"

Pepino wurde es ganz angst bei diesen Worten. Er brachte es nur fertig, zu sagen: „Nein, Pater, daran habe ich nicht gedacht ..."

„Willst du nur deshalb in die Krypta gehen, Pepino", fuhr der Pater fort, „weil du etwas haben willst, oder wirst du, wenn es nötig ist, auch dazu bereit sein, etwas herzugeben?"

Alles in Pepino lehnte sich gegen die Möglichkeit auf, Violetta zu verlieren, selbst an jemanden, den er so liebte und verehrte wie den heiligen Franziskus. Doch als er den Kopf hob und mit seinem angstverzerrten Gesicht in die leuchtenden Augen Pater Damicos blickte, sah er in ihrer Tiefe etwas schimmern, was ihm den Mut dazu gab, zu sagen: „Ja, ich werde sie hergeben – wenn ich muß, aber, oh, ich hoffe, er wird sie wenigstens noch ein kleines Weilchen bei mir lassen."

Das laute Klirren der Hacke des Maurers hallte Schlag für Schlag in dem gewölbten Raum der unteren Kirche wider, wo der zugemauerte Durchgang, der zur Krypta führte, niedergerissen wurde. Unweit davon warteten der Guardian und sein Freund, der Bischof, Pater Damico und Pepino, der mit großen Augen, blaß und schweigend dabeistand. Der Junge hatte seine Arme um Violettas Hals geschlungen und preßte sein Gesicht dicht an das ihre, denn die kleine Eselin schwankte bedenklich und konnte sich kaum noch auf den Beinen halten.
Gleichmütig und bescheiden sah der Guardian zu, wie die zerbrochenen Backsteine und Mörtelklumpen zu Boden fielen, während die Öffnung immer breiter wurde und der befreite Luftstrom aus dem Durchgang Wolken von Kalkstaub wirbelte. Trotz seiner Schwächen war er ein rechtschaffener Mann und hatte den Bischof aufgefordert, seiner Niederlage beizuwohnen.
Ein Teil der Mauer erwies sich als sehr hartnäckig. Der Maurer griff den Stützpunkt des Torbogens von der Seite an, um ihn zu schwächen. Daraufhin begann das damit gelockerte Mauerwerk endlich zu wackeln. Ein schmaler Gang wurde freigelegt,

und durch die Öffnung konnten sie hinten vor dem Schrein, in dem die Gebeine des Heiligen ruhten, die Kerzen flackern sehen.
Pepino bewegte sich auf die Öffnung zu. Oder war es Violetta, die, durch die ungewohnten Geräusche und den unbekannten Ort verängstigt, eine schreckhafte Bewegung gemacht hatte? Pater Damico sagte: „Warte!" und Pepino hielt sie fest; doch die unsicheren Beine der Eselin gerieten auf dem Schutt ins Rutschen, in ihrer Angst schlug sie aus, wobei ihre Hufe den Torweg an der Stelle trafen, wo das Mauerwerk sich gelockert hatte. Ein Backstein fiel heraus, und ein Spalt zeigte sich.
Pater Damico sprang herzu und zog den Jungen und das Tier gerade noch rechtzeitig aus dem Weg, als der Bogen plötzlich mit lautem Getöse zur Hälfte einstürzte und dadurch ein Stück von der alten Mauer und dem Hohlraum dahinter aufdeckte, bevor alles in einer Staubwolke verschwand. Doch als der Staub sich legte, zeigte der Bischof, dem fast die Augen aus dem Kopf traten, auf etwas, das in einer Nische der soeben freigelegten Höhlung lag. Es war ein kleiner grauer Bleikasten. Selbst von ihrem Standort aus konnten sie alle darauf die an seiner Seite eingravierte Zahl 1226 – das Jahr, in dem Franz von Assisi gestorben war – und den großen Buchstaben F erkennen.

Der Bischof atmete so hörbar aus, als seufze er: „Ach, könnte es möglich sein? Das Vermächtnis des heiligen Franziskus? Fra Leo erwähnte es. Es wurde vor Jahrhunderten versteckt, und es ist seither niemandem gelungen, es zu finden."
Der Guardian sagte heiser: „Der Inhalt! Sehen wir nach, was sich in dem Kästchen befindet – vielleicht ist es sehr kostbar!"

Der Bischof zögerte: „Vielleicht warten wir doch besser. Denn dieser Fund ist ja an sich schon ein Wunder."

Aber damit gab sich Pater Damico, der von Natur aus ein Dichter war, nicht zufrieden. Ihm war der heilige Franziskus so gegenwärtig, als weile er noch unter den Lebenden, und er rief: „Ich bitte Sie darum – öffnen wir es. Wir sind doch jeder demütig, alle, wie wir hier sind. Sicherlich hat uns der Plan des Himmels zu dieser Entdeckung geleitet." Der Guardian hielt die Laterne. Der Maurer löste mit seinen behutsamen und sicheren Arbeiterhänden die Umschnürung und stemmte den Deckel des luftdicht verschlossenen Kästchens auf. Mit einem ächzenden Laut seines altertümlichen Scharniers öffnete es sich und enthüllte, was vor mehr als sieben Jahrhunderten hineingelegt worden war.

Das Stück eines Hanfstricks lag da, zusammengeknotet, als sei er einstmals als Gürtel getragen worden. Und in dem Knoten stak, so frisch, als wäre er gestern erst abgepflückt, ein einzelner Weizenhalm. Getrocknet und wohlerhalten lag dort auch der Stengel mit den sternenförmigen Blüten einer wilden Schlüsselblume und daneben die Flaumfeder eines winzigen Wiesenvogels.

Schweigend starrten die Männer auf diese Dinge aus der Vergangenheit und versuchten, ihre Bedeutung zu erfassen, und Pater Damico weinte, denn ihm brachten sie die abgezehrte schmächtige Gestalt des halberblindeten Heiligen so lebhaft vor Augen, daß er ihn leibhaftig vor sich sah, wie er, den Strick um seine Hüfte geknotet, singend durch ein Weizenfeld streifte. Die Blume war wohl die erste gewesen, die er nach dem Schnee eines Winters entdeckt, als „Schwester Primula“ begrüßt und deren zarte Schönheit er gepriesen hatte. Als hätte er es selber miterlebt, sah Pater Damico auch, wie der kleine Wiesenvogel vertrauensvoll Franziskus auf die Schulter flog, sich dort zwitschernd hinkuschelte und eine Feder in seiner Hand zurückließ. Das Herz war ihm so voll, daß er es nicht ertragen zu können vermeinte.

Auch der Bischof war den Tränen nahe, als er auf seine Art auslegte, was sie da gefunden hatten. „Ach, was könnte klarer sein als die Botschaft des Heiligen? Armut, Liebe und Glauben. Das ist sein Vermächtnis an uns alle.“
Pepino sagte: „Bitte, liebe und werte Herren, dürfen Violetta und ich jetzt in die Gruft gehen?“ Sie hatten ihn vergessen. Jetzt fuhren sie von ihrer Betrachtung der rührenden Reliquien hoch. Pater Damico wischte sich die Tränen aus den Augen. Der Bauschutt war inzwischen aus dem Torweg wegge-

räumt worden, und es war Platz genug, um den Jungen mit seiner Eselin durchzulassen.
„O ja“, sagte er. „Ja, Pepino. Jetzt kannst du sie betreten. Und Gott möge dich geleiten.“
Die Hufe der Eselin klapperten laut auf den alten Steinplatten des Durchgangs. Pepino stützte sie jetzt nicht mehr, sondern schritt neben ihr her, nur die Hand leicht und zärtlich auf ihren Hals gelegt. Er trug seinen runden Struwwelkopf mit den abstehenden Ohren sehr hoch und reckte tapfer die Schultern.
Und als die beiden an ihm vorübergingen, schien es Pater Damico – ob nun wegen des schwachen Lichts und der tanzenden Schatten oder weil er es zu sehen wünschte –, daß wieder ein leiser Hauch, nur die zarteste Andeutung eines Lächelns, Violettas kleines Maul umspielte.
So sahen die anderen den Knaben und die Eselin sich wie Silhouetten von den flackernden Öllämpchen und Altarkerzen der Krypta abheben, als die beiden weiterschritten, um ihre Wallfahrt des Glaubens zu vollenden.

Die Schneegans

Die große Marsch erstreckt sich an der Küste von Essex zwischen dem Dorf Chelmbury und dem kleinen Fischerort Wickaeldroth, dem altsächsischen Weiler der Austernfischer. Es ist einer der wenigen Landstriche in England, die noch nicht besiedelt und noch nicht kultiviert sind – eine weit ausgedehnte Niederung, in der nur Riedgras und Schilf wachsen –, und die Wiesen, die halb unter Wasser stehen, enden im Schlamm und Schlick des salzigen Schwemmlands und in den Tidenteichen der rastlosen See.

Den Gezeiten unterworfene Wasserläufe und Buchten und die sich in Mäandern schlängelnden Arme zahlreicher kleiner Flüsse, die trichterförmig in den Ozean münden, durchschneiden das sumpfige Land, das bei jedem Wechsel von Ebbe und Flut zu atmen scheint, weil es dann sichtbar einsinkt oder ansteigt. Es ist eine sehr öde Gegend, unendlich einsam, und sie wirkt noch einsamer durch die Rufe und Schreie der wilden Vögel, die dort in der Marsch und den überschwemmten Salzwiesen überwintern – der Wildgänse und der Möwen, der Krickenten und der Pfeifenten, der Rotschenkel und der Brachvögel, die sich von Tümpel zu Tümpel ihre Nahrung suchen. Menschen wohnen dort nicht und sind dort auch kaum je zu sehen, es sei denn gelegentlich

ein Jäger, der es auf die Wildenten oder Wildgänse abgesehen hat, oder ein paar einheimische Austernfischer, die dort einem Gewerbe nachgehen, das schon eine alte Gepflogenheit war, als die Normannen nach Hastings kamen.
Fahlgrau, Mattblau und Blaßgrün sind die Farben der Landschaft, denn in den langen Wintern, wenn der Himmel ganz verhangen ist, spiegeln die weiten Buchten und die vielen Moorlachen nur diese kalten, düsteren Farben wider. Zuweilen aber, bei Sonnenaufgang oder bei Sonnenuntergang, werden Land und Himmel von einem rotgoldenen Feuerschein überflammt.
Hart an einem der gewundenen Arme des Flusses Aelder erhebt sich glatt und fest, ohne irgendeinen Riß, der Damm eines alten Strandwalls – ein Bollwerk des Landes gegen das vordringende Meer. Etwa drei Meilen weit von der Nordsee fort zieht er sich tief in das angeschwemmte Land hinein und verläuft dann weiter nach Norden zu. An diesem Knick ist der Wall ausgehöhlt, eingesackt und durchgebrochen, und das nimmersatte Meer ist sogleich an der Bruchstelle eingedrungen und hat sich das Land, den Wall und alles, was da stand, einverleibt. Bei Ebbe ragen die geschwärzten und herausgefallenen Steine der Ruine eines verlassenen Leuchtturms über dem Wasserspiegel auf, und da und

dort, wie Bojen, die den Weg markieren, die Spitzen versinkender Zaunpfähle. Einstmals grenzte der Leuchtturm direkt ans Meer und war ein Warnzeichen an der Küste von Essex, doch die Zeit hat die Grenzen zwischen Land und Wasser verschoben, und der Leuchtturm war zu nichts mehr nütze. Erst in letzter Zeit diente er wieder einem Menschen als Behausung. Ein einsamer Mann lebte dort. Sein Leib war verkrüppelt, aber sein Herz schlug voller Liebe für die wilde gejagte Kreatur. Er war häßlich anzuschauen, doch er schuf Meisterwerke von großer Schönheit. Von ihm und einem Kind handelt diese Geschichte, einem Mädchen, das ihn kennen und lieben lernte, weil es entdeckte, was sich hinter seinem grotesk entstellten Äußeren verbarg.
Es ist keine Geschichte, die sich so einfach der Reihe nach erzählen ließe. Sie ist aus vielen Quellen und von vielen Menschen zusammengetragen; manches nur in Bruchstücken von Männern, die Zeuge eines ungewöhnlichen und dramatischen Geschehens wurden. Denn das Meer hat seinen Anspruch geltend gemacht und breitet nun seine wellige Decke über den Schauplatz, und der große weiße Vogel mit den schwarzen Flügelspitzen, der von Anfang bis Ende alles mit ansah, ist in das düstere Schweigen des eisigen Nordens zurückgekehrt, aus dem er hergekommen war.

Im späten Frühjahr 1930 hielt Philip Rhayader seinen Einzug in dem verlassenen Leuchtturm an der Mündung der Aelder. Er kaufte den Turm und viele Morgen des Marsch- und Schwemmlands, das ihn umgab.

Das ganze Jahr hindurch lebte und arbeitete er dort allein. Er malte Vögel und Landschaften und hatte sich aus bestimmten Gründen von jeder menschlichen Gesellschaft zurückgezogen. Einige dieser Gründe wurden bei seinen Besuchen in dem kleinen Dorf Chelmbury ersichtlich, wo er alle vierzehn Tage seine Einkäufe machte und die Einheimischen seinen mißgestalteten Körper und sein dunkles Gesicht mit scheelen Blicken musterten. Denn er hatte einen Buckel, und sein linker Arm war verkrüppelt und am Handgelenk so dünn und krumm, daß seine Finger aussahen wie die Krallen einer Vogelklaue.

Die Leute gewöhnten sich jedoch bald an den Anbilck seiner kleinen, aber kräftigen verwachsenen Gestalt, an den großen Kopf, der nur ein bißchen tiefer zwischen seinen Schultern saß als der unheimliche Höcker auf seinem Rücken, und auch an das dunkle Haar, das bärtige Gesicht mit den glühenden Augen und an seine Klauenhand; und sie sprachen von ihm nur als „diesem sonderbaren Kunstmaler, der da unten im Leuchtturm haust". Körperliche Verunstaltung bringt einen Menschen oft dazu, alle menschlichen Wesen zu hassen. Rhayader aber empfand keinen Haß; er liebte die Menschheit, die Tiere und die Natur von ganzem Herzen und war voller Mitleid und Verständnis für jede Kreatur. Er hatte sich mit seiner Benachteiligung abgefunden, aber über die Zurückweisungen, die er auf Grund seiner äußeren Erscheinung erlitt, kam er nicht hinweg. Daß die Wärme des Empfindens, die von ihm ausstrahlte, nirgendwo Erwiderung fand, das war der eigentliche Grund, der ihn in diese selbstgewählte Verbannung getrieben hatte. Frauen stieß er ab. Männer hätten ihm Sympathie entgegengebracht, wenn sie ihn näher gekannt hätten. Doch die bloße Tatsache, daß jemand in dieser Richtung eine Anstrengung machte, verletzte Rhayader und trieb ihn dazu, den Menschen zu meiden, der sich um ihn bemühte. Als er in die Große Marsch kam, war er siebenundzwanzig Jahre alt. Er war viel gereist und hatte tapfer mit sich gekämpft, bevor er den Entschluß faßte, sich aus einer Welt zurückzuziehen, an der er nicht teilhaben konnte wie andere Männer. Denn bei all seiner Empfindsamkeit als

Künstler und trotz der weiblichen Zärtlichkeit, die er in seiner wohlgebauten Brust verschloß, war er doch ein sehr männlicher Mann.

In seiner Einsamkeit hatte er wenigstens seine Vögel, seine Malerei und sein Boot. Er besaß eine Jolle, die er mit wunderbarem Geschick zu segeln verstand. Allein, wenn ihm niemand dabei zusah, wußte er seine deformierte Hand gut zu gebrauchen, und oft benutzte er auch seine starken Zähne, um die Segel, wenn sie sich in einer tückischen Bö gar zu heftig blähten, rasch ein wenig zu reffen.
Er segelte die Aelder und die anderen Flußmündungen hinab und hinaus in die offene See. Oft blieb er tagelang draußen, hielt nach unbekannten Vogelarten Ausschau, um sie zu fotografieren oder zu zeichnen, und brachte es auch im Einfangen mit dem Netz zu großer Geschicklichkeit, da er seine Sammlung gezähmter Wildgänse und Wildenten immer weiter ergänzte. Er hielt seine Vögel in einem Gehege dicht neben seinem Atelier, das den Mittelpunkt seiner Freistatt bildete.
Doch nie schoß er einen Vogel, und er sah es höchst ungern, wenn ein Jäger sich seinem Grundstück auch nur näherte. Er war ein Freund aller freien Geschöpfe, und die Tiere lohnten es ihm, indem sie seine Freundschaft erwiderten.

In seinem Gehege hatte er viele Gänse gezähmt, die jeden Oktober von Island und Spitzbergen längs der Küste angeflogen kamen, in dichten Schwärmen, die den Himmel verdunkelten und die Luft mit dem Rauschen ihrer Flügel erfüllten – die braunleibigen Rotfüßer, weißbrüstige Ringelgänse mit ihren dunklen Hälsen und Clownmasken, die Nonnengänse mit den tiefschwarzen Rücken und viele Arten der Wildenten: Spießenten, Pfeifenten, Spitzenten, Krickenten und Löffelenten.
Einigen hatte er die Flügel gestutzt, damit sie dablieben und die wilden Gänsevögel, die alljährlich zu Anfang des Winters aus dem hohen Norden hierherkamen, anlockten und ihnen bedeuteten, daß es hier Futter und Geborgenheit gab.
Viele Hunderte kamen und blieben während der kalten Monate bei ihm, vom Oktober bis in die ersten Frühlingstage hinein. Dann zogen sie wieder nordwärts zu ihren Brutstätten nahe der Eisgrenze. Wenn es stürmte oder bitter kalt und die Nahrung knapp war oder in der Ferne die Flinten der Jäger losknallten, freute Rhayader sich in dem Bewußtsein, daß seine Vögel sich in Sicherheit befanden; daß er diese vielen wilden Geschöpfe, die ihn kannten und ihm vertrauten, in die Geborgenheit einer Zufluchtsstätte und unter seinen Schutz gebracht hatte.

Wohl folgten sie im Frühjahr dem Ruf des Nordens, doch im Herbst kamen sie zurück, schnatterten, schrien und trompeteten in den Oktoberhimmel, umkreisten den Leuchtturm wie eine Wendemarke und ließen sich dann auf die Erde nieder, um wieder seine Gäste zu sein – Vögel, deren er sich aus dem Vorjahr noch so gut entsann, daß er sie alle wiedererkannte.

Und das machte Rhayader glücklich, weil er wußte, daß ihnen irgendwo das Wissen um seine Existenz und den sicheren Hafen, den er ihnen bot, eingepflanzt war; daß diese Kenntnis ihnen nun innewohnte und sie, sobald der Himmel sich verdüsterte und der eisige Wind vom Norden kam, unfehlbar zu ihm zurückführen würde.

Darüber hinaus teilte sich alles, was ihm das Herz und die Seele bewegte, den Bildern mit, die er von der Landschaft malte, in der er mitten unter ihren Kreaturen lebte.

Es sind uns nicht viele seiner Bilder erhalten geblieben. Er hütete sie eifersüchtig und stapelte Hunderte von ihnen in seinem Leuchtturm und dem Speicher über seinem Atelierraum auf. Nur, weil sie ihn nicht befriedigten, denn als Künstler war er in seiner Strenge gegen sich selbst unerbittlich.

Aber die wenigen Bilder, die auf den Markt gelangten, sind Meisterwerke, in denen sein Pinsel nicht nur die Farben des vom Moor reflektierten Lichts, sondern auch den Geruch der salzhaltigen kalten Luft, die Einsamkeit und das Zeitlose der Marschlandschaft eingefangen hat. Und immer wieder malte er die wilden Vögel – wie sie die gefiederte Brust dem Morgenwind darbieten, der die hohen Schilfgräser niederbeugt, wie sie aufgeschreckt die Flügel spreizen, sich bei Tagesanbruch zum Himmel emporschwingen und sich nachts, geflügelten Schatten gleich, vor dem Mond zu verbergen trachten.

An einem Novembermorgen, drei Jahre nachdem Rhayader in die Große Marsch gekommen war, ging ein Kind den Strandwall entlang auf den Leuchtturm zu; ein Mädchen, das im Arm eine schwere Last trug.
Sie war nicht älter als zwölf und war schreckhaft und scheu wie ein Vogel, und ihr Gesicht schrie förmlich nach Wasser und Seife, so schmutzig sah es aus, und dennoch war sie von einer feenhaften Schönheit – wie eine Moorelfe. Sie war das Urbild des angelsächsischen Typus, schlank, schmalgliedrig, blond, mit einem Kopf, zu dem ihr Körper erst noch heranreifen mußte, und tiefliegenden veilchenblauen Augen.
Sie hatte entsetzliche Angst vor dem häßlichen Mann, den sie aufsuchen wollte, denn es hatten sich schon Legenden um Rhayader gebildet, und die einheimischen Jäger haßten ihn, weil er ihrem wilden Jagdeifer Grenzen setzte.
Doch größer als ihre Furcht war die Not des Lebewesens, das sie mit sich schleppte. Und in ihrem Kinderherzen lebte die Gewißheit, daß dieser unheimliche Fremdling, der da in dem Leuchtturm hauste, die Zauberkraft besaß, Wunden zu heilen; denn sie hatte die Leute im Dorf davon reden hören.

Sie hatte Rhayader noch nie gesehen, und als er, von ihren Schritten hervorgelockt, im Türrahmen erschien, war sie drauf und dran, davonzulaufen, so große Angst hatte sie vor dieser finsteren Gestalt mit dem dunklen Haar und Bart, dem gräßlichen Höcker und der verschrumpften Hand.
Sie stand da und starrte ihn an, als wollte sie im nächsten Augenblick die Flucht ergreifen – wie ein aufgescheuchter Vogel.
Seine tiefe Stimme klang jedoch sehr freundlich, als er sie jetzt anredete. „Was hast du denn da gefunden, Kind?"

Sie harrte tapfer aus und trat nun schüchtern ein paar Schritte vor und zeigte ihm, was sie im Arm trug: einen großen weißen Vogel, der keinen Laut von sich gab und sich ganz still verhielt. Frische Blutflecken verschmierten sein weißes Gefieder und auch ihre Jacke, wo sie ihn an sich gepreßt hatte.
Das Mädchen legte Rhayader den Vogel in die Arme. „Ich hab' ihn gefunden, Herr. Er ist gewiß schwer verletzt. Lebt er überhaupt noch?"
„O ja. Ja, ich glaube schon. Aber komm doch herein, Kind, komm nur 'rein."
Rhayader trug den Vogel, der sich jetzt schwach bewegte, in sein Atelier und legte ihn dort auf den Tisch. Die Neugierde war noch stärker als die Furcht,

und so folgte ihm das Mädchen in den von einem Kohlenfeuer erwärmten Raum, an dessen Wänden viele bunte Bilder hingen und in dem es so sonderbar, aber angenehm roch.
Der Vogel zuckte unruhig. Mit seiner gesunden Hand spreizte Rhayader eine der mächtigen Schwingen, die einen sehr dekorativen breiten Rand aus schwarzen Federn hatten.
Rhayader blickte den Vogel bewundernd an und sagte: „Wo hast du den nur gefunden, Kind?"
„Im Moor, Herr, wo die Jäger waren. Was . . . was ist das für ein Vogel, Herr?"
„Eine Schneegans aus Kanada. Aber wie in aller Welt mag sie nur hierhergekommen sein?"
Der Name Kanada schien dem kleinen Mädchen nichts zu sagen, aber die tiefblauen Augen leuchteten hell aus dem schmutzigen schmalen Gesicht und starrten besorgt auf den verletzten Vogel.
„Kannst du ihn heilen, Herr?" fragte sie.
„Ja, ja", sagte Rhayader. „Wir wollen mal sehen, was wir da tun können. Komm, du wirst mir dabei helfen."
Schere, Mullbinden und Schienen lagen griffbereit auf einem Regal, und er zeigte sich erstaunlich geschickt, als er den Verband anlegte, selbst mit seiner verkrüppelten Hand, die er immerhin dazu gebrauchen konnte, um etwas festzuhalten.

„Oh, sie ist angeschossen, das arme Tier", sagte er. „Das eine Bein ist gebrochen und die Flügelspitze auch, aber nicht schlimm. Siehst du, wir werden ihr die Schwungfedern stutzen, weil der Verband sonst nicht halten würde, aber im Frühjahr werden ihr neue Federn wachsen, und dann wird sie bald wieder fliegen können. Wir wollen ihr den Flügel ganz dicht am Bauch festbinden, so daß sie ihn nicht bewegen kann, bevor der Bruch verheilt ist. Und dann schienen wir das kranke Bein."
Die Kleine hatte ihre Angst völlig vergessen und schaute ihm gebannt bei seiner Arbeit zu, und ihr Zutrauen wuchs noch, als er ihr, während er das gebrochene Bein kunstvoll schiente, eine wunderschöne Geschichte erzählte.

Die Gans war noch jung, höchstens ein Jahr alt. Sie war im hohen Norden geboren, in einem Land, das weit fort, weit jenseits des Meeres lag und doch mit England eng verbunden war. Um dem Schnee, dem Eis und der bitteren Kälte zu entgehen, war sie nach Süden geflogen, und da hatte ein gewaltiger Sturm sie gepackt und herumgewirbelt und vor sich her gestoßen. Es war wirklich ein furchtbarer Sturm gewesen, viel stärker als ihre großen Flügel, stärker als alles, was sie kannte. Tage- und nächtelang hielt er sie mit eisernem Griff, und es war ihr nichts anderes übriggeblieben, als sich vor ihm herwehen zu lassen. Und als er sich endlich ausgetobt und ihr sicherer Instinkt sie wieder nach Süden geführt hatte, befand sie sich plötzlich über einem ganz fremden Land, unter lauter Vögeln, wie sie noch nie welche gesehen hatte. Schließlich hatte sie sich, völlig erschöpft von der schrecklichen Anstrengung, auf eine einladend grüne Marschwiese niedergelassen, nur um dort von der Flinte eines Jägers getroffen zu werden.

„Welch böser Empfang für eine reisende Prinzessin", schloß Rhayader seine Erzählung. „Wir wollen sie unsere verirrte Prinzessin nennen. Paß nur auf, in ein paar Tagen wird es ihr schon viel besser gehen. Schau!" Er langte in seine Tasche und holte eine Handvoll Körner hervor. Da schlug die Schneegans ihre runden braunen Augen auf und begann zu fressen.

Die Kleine lachte fröhlich, als sie das sah, aber dann hielt sie plötzlich den Atem an, weil ihr mit einemmal zu Bewußtsein kam, wo sie sich befand, und wortlos drehte sie sich um und rannte davon.

„Warte, warte doch!" rief Rhayader und eilte ihr nach. Das Mädchen lief aber bereits den Strandwall hinunter, und so blieb er im Türrahmen stehen und

rief nur wieder nach ihr. Als sie seine Stimme vernahm, hielt sie inne und schaute zu ihm zurück.
„Wie heißt du denn eigentlich, Kind?"
„Frith."
„Wie?" sagte Rhayader. „Fritha, meinst du wohl. Und wo bist du zu Hause?"

„Bei den Fischern in Wickaeldroth", erwiderte sie und sprach den Ortsnamen genauso aus, wie das die alten Angelsachsen getan hatten.
„Magst du morgen oder nächster Tage wiederkommen und nachschauen, wie es unserer Prinzessin geht?"
Sie zögerte unschlüssig, und Rhayader mußte bei ihrem Anblick wieder an die wilden Wasservögel denken, die eine Schrecksekunde lang wie angewurzelt stehenbleiben, bevor sie davonfliegen.
Dann trug ihm der Wind ihre zarte Stimme zu: „Ah-jo!"
Und gleich darauf lief sie weiter, und ihr blondes Haar flatterte hinter ihr her.
Die Schneegans erholte sich schnell, und der Winter war noch nicht halb herum, da humpelte sie bereits im Gehege unter den rotfüßigen Gänsen einher, mit denen sie sich besser vertrug als mit den Ringelgänsen, und fand sich immer pünktlich ein, wenn Rhayader die Vögel zur Fütterung rief. Und die kleine Frith oder Fritha kam häufig zu Besuch. Sie hatte nun gar keine Angst mehr vor Rhayader. Ihre Phantasie war jetzt völlig in Anspruch genommen von der abenteuerlichen Reise dieser fremdartigen weißen Gänseprinzessin, die von weit her über das Meer gekommen war, aus einem Land, das ganz rosa aussah! Das hatte sie auf der Land-

karte, die Rhayader ihr zeigte, gesehen und hatte darauf mit dem Finger den langen Weg verfolgt, den die Schneegans von ihrer Heimat in Kanada bis zur Großen Marsch in Essex zurückgelegt hatte.
An einem Junimorgen folgte dann auch eine Gruppe der säumigen Rotfüßler – wohlgenährt von dem guten Futter, das sie in dem Gehege am Leuchtturm während des ganzen Winters bekommen hatte – dem zwingenden Ruf zu ihren Nistplätzen, erhob sich träge in die Luft und schwang sich immer höher und in immer weiteren Kreisen zum Himmel empor. Unter diesen Nachzüglern befand sich auch

die Schneegans, deren weißer Leib mit den schwarzgerandeten Schwingen sich in der Morgensonne deutlich von den anderen Vögeln abhob. Es traf sich so, daß Frith gerade an dem Tag zu Besuch gekommen war. Auf ihr Rufen hin kam Rhayader aus seinem Atelier herbeigelaufen.
„Guck doch! Die Prinzessin! Fliegt sie nun fort?"
Rhayader starrte zu den sich immer weiter entfernenden Pünktchen hinauf. „Ah-jo", sagte er und merkte gar nicht, daß er Frithas Sprechweise nachahmte. „Unsere Prinzessin fliegt heim. Hör nur! Sie ruft uns ein Lebewohl zu."
Aus dem wolkenlosen Himmel drang der heisere Schrei der Rotfüßer zu ihnen herab, den die hellere und reinere Stimme der Schneegans noch übertönte. Die Vögel flogen jetzt nordwärts und gruppierten sich zu einem winzigen V, wurden zusehends kleiner und kleiner und entschwanden.
Seit die Schneegans heimgekehrt war, ließ auch Fritha sich nicht mehr beim Leuchtturm blicken, und Rhayader erfuhr von neuem, was es hieß, „einsam" zu sein.
In diesem Sommer malte er aus dem Gedächtnis das Bild eines schlanken halbwüchsigen Mädchens, dessen blondes Haar über dem schmutzigen Gesicht vom Novemberwind zerzaust wurde und das in den Armen einen verletzten weißen Vogel trug.

Mitte Oktober geschah dann das Wunder. Rhayader stand gerade in seinem Gehege und fütterte seine Vögel. Ein scharfer Nordostwind wehte, und das Land seufzte unter der herandrängenden Flut. Aus dem Rauschen des Meeres und dem Heulen des Windes hörte Rhayader einen hellen hohen Ton heraus. Er schaute rechtzeitig genug zum Abendhimmel auf, um zunächst nur einen winzigen Punkt zu erblicken, dann aber war ihm, als habe er eine Vision von zwei schwarz-weißen Schwingen, die den Leuchtturm einmal umkreisten, und nun sah er, daß er nicht träumte und daß es wirklich ein lebendiger Vogel war, der sich da im Gehege auf die Erde niederließ und gewichtig angewatschelt kam, um gefüttert zu werden – so selbstverständlich, als sei er niemals fortgewesen. Ja, es war tatsächlich die Schneegans. Eine Verwechslung war gar nicht möglich. Vor Freude wurden Rhayader die Augen feucht. Wo mochte sie inzwischen gewesen sein? In Kanada gewiß nicht. Nein, sie mußte den Sommer mit den Rotfüßern zusammen in Grönland oder auf Spitzbergen verbracht haben. Und nun hatte sie sich ihres vorjährigen Winterquartiers erinnert und war zurückgekehrt.

Als Rhayader das nächste Mal zum Einkaufen nach Chelmbury segelte, gab er der Postmeisterin einen Auftrag, der sie sehr überraschte. „Bestellen Sie doch Frith, die bei den Fischern in Wickaeldroth lebt", sagte er, „die verirrte Prinzessin sei wieder da."

Und drei Tage später tauchte eine Fritha, die zwar sichtlich größer geworden war, aber immer noch mit zotteligem windzerzaustem Haar herumlief, wieder beim Leuchtturm auf, um die Schneegans zu begrüßen.

Jahre vergingen. Auf der Großen Marsch unterschieden sie sich nur durch den jeweiligen Wasserstand bei Ebbe und Flut, durch den Wechsel der Jahreszeiten, das Kommen und Gehen der Zugvögel und, für Rhayader, durch die Ankunft und den Abflug der Schneegans.

In der Welt draußen kochte und brodelte und rumorte es wie in einem Vulkan, der jeden Augenblick auszubrechen drohte und die Zerstörung schon ahnen ließ, die seine Lava anrichten sollte. Doch Rhayader wurde davon noch nicht betroffen und Fritha natürlich auch nicht. Ihre Begegnungen erfolgten nun in merkwürdig rhythmischen Abständen, selbst als das Mädchen seine Befangenheit ver-

lor und allmählich zutraulicher und mutiger wurde. War die Schneegans da, fand sich auch Fritha am Leuchtturm ein, um Rhayader zu besuchen und allerlei von ihm zu lernen, was für sie von Nutzen sein konnte. Sie segelten zusammen in seinem schnellen Boot, das er so geschickt zu führen wußte. Sie fingen viele wilde Enten und Gänse für die sich ständig vergrößernde Kolonie und bauten neue Einfriedungen und Gehege. Rhayader erzählte Fritha von den Lebensgewohnheiten jeder Vogelart, die im Marschland heimisch ist, von der Möwe bis zum Gierfalken. Mitunter kochte sie auch für ihn, und sie durfte ihm sogar seine Farben anrühren.
Doch wenn die Schneegans wieder in ihre Sommerheimat zurückkehrte, war es, als richte sich zwischen ihnen eine Schranke auf, und dann ließ Fritha sich nicht mehr beim Leuchtturm blicken. In einem dieser Jahre blieb die Schneegans aus, und Rhayader nahm sich das sehr zu Herzen. Nichts schien ihm mehr Freude zu machen. Den ganzen Winter und auch den Sommer über malte er wie ein Besessener, und nicht ein einziges Mal bekam er das Mädchen zu Gesicht. Doch im Herbst war der vertraute Ruf wieder zu hören, und der stattliche weiße Vogel, der nun zu seiner vollen Größe ausgewachsen war, schwang sich ebenso unbekümmert auf die Erde nieder, wie er sich seinerzeit zum Himmel

emporgeschwungen hatte. Wieder heiter und wohlgemut, segelte Rhayader nach Chelmbury und hinterließ seine Botschaft an die Postmeisterin.
Seltsamerweise vergingen jedoch mehrere Wochen, bevor Fritha wieder am Leuchtturm erschien, und Rhayader erschrak bei ihrem Anblick, denn er sah nun, daß sie kein Kind mehr war.
Nach einem Jahr, in dem Rhayader vergeblich auf die Rückkehr der Schneegans gewartet hatte, kam sie in immer kürzeren Zeiträumen zurück. Sie wurde so zahm, daß sie ihm überallhin nachlief und sich sogar in sein Atelier hineinwagte, während er vor der Staffelei saß.

Im Frühjahr 1940 flogen die Vögel schon sehr zeitig aus der Großen Marsch wieder nach Norden. Die Welt stand in Flammen. Das Sirren und Dröhnen der Bombenflugzeuge und das Getöse der Detonationen scheuchte die Vögel fort. Am ersten Mai, als auch die letzten Rotfüßer und Ringelgänse, denen die Flügel nicht gestutzt waren, sich aus ihrer Zufluchtsstätte in die Lüfte emporschwangen, standen Fritha und Rhayader Schulter an Schulter auf dem Strandwall und blickten ihren davonziehenden Wintergästen nach; das Mädchen hochgewachsen, sehr schlank, ein echtes Naturkind und von einer geradezu beängstigenden Schönheit; der Mann eine finstere, groteske Erscheinung, den mächtigen Schädel mit dem bärtigen Gesicht dem Himmel zugewandt, wo seine dunkelglühenden Augen die Fluglinie der Wildgänse beobachteten.
„Schau nur, Philip!“ sagte Fritha.
Rhayader folgte ihrem Blick. Auch die Schneegans hatte sich erhoben und spreizte nun ihre großen Schwingen, aber sie flog ganz tief, und einmal

streifte sie die beiden Menschen fast, als wollte sie sie mit ihren schwarzgeränderten weißen Flügeln liebkosen; und der Mann und das Mädchen spürten förmlich, wie die Luft erzitterte, als der große Gänsevogel an ihnen vorüberrauschte. Einmal und noch einmal umkreiste die Schneegans den Leuchtturm, dann ließ sie sich im Gehege wieder zu Boden fallen, mitten unter die Gänse mit den gestutzten Flügeln, und machte sich über das Futter her.

„Sie will gar nicht weg", rief Fritha ganz erstaunt aus. Ihr war, als hätte sie der Vogel, als er an ihr vorbeigerauscht war, verzaubert. „Unsere Prinzessin hat sich entschlossen, hierzubleiben."

„Ah-jo", sagte Rhayader, und auch seiner Stimme war anzuhören, wie ergriffen er war. „Sie wird hierbleiben und uns nie mehr verlassen. Ja, jetzt braucht unsere verirrte Prinzessin nicht mehr umherzuirren. Dies hier ist nun ihre Heimat – weil sie es selber so will."

Der Bann, in den der Vogel sie geschlagen hatte, war schon gebrochen, und Fritha wurde sich plötzlich bewußt, daß sie Angst hatte; und das, was sie so ängstigte, lag in Rhayaders Augen – seine Sehnsucht, seine Einsamkeit und all das Unausgesprochene, das aus seinem Innern heraufdrängte und in dem Blick zum Ausdruck kam, mit dem er sie jetzt ansah.

Seine letzten Worte klangen ihr noch im Ohr, als hätte er sie eben wiederholt. „Dies ist nun ihre Heimat – weil sie es selber so will." Instinktiv erfaßte sie, was er damit noch hatte sagen wollen, aber nicht auszusprechen vermocht hatte, weil er sich für einen nutzlosen Krüppel hielt und sich abstoßend und häßlich fand. Seine Stimme hätte ihre Furcht vielleicht beschwichtigen können, sein Schweigen aber und alles das, was sie einander nicht zu sagen wagten, verstärkte nur noch dieses quälende Angstgefühl. Die Frau in ihr ermahnte sie, vor etwas zu fliehen, was sie noch nicht ganz verstehen konnte.

Und so sagte Fritha: „Ich ... muß jetzt gehen, Philip. Leb wohl. Ich bin so froh, daß unsere Prinzessin bei dir bleibt. Jetzt wirst du nicht mehr so allein sein."

Sie wandte sich ab und ging schnell fort. Und sein mit so trauriger Stimme gesprochener Gruß: „Auf Wiedersehen, Kind!" drang ihr nur wie ein fast unwirklicher Laut über das Rauschen des Riedgrases hinweg ans Ohr. Sie hatte sich schon ein ganzes Stück von dem Leuchtturm entfernt, ehe sie sich getraute, noch einmal zurückzuschauen. Er stand noch immer auf dem Strandwall – eine einsame Gestalt, die sich wie ein dunkler Fleck vom Himmel abhob.

Ihre Angst war geschwunden. Sie war durch ein anderes Gefühl abgelöst worden, durch die eigentümliche Empfindung, sie habe soeben einen Verlust erlitten. Und diese Empfindung war so stark, daß sie unwillkürlich stehenblieb. Erst nach einer Weile ging sie, sehr viel langsamer, weiter, immer weiter fort von dem Leuchtturm, der wie ein erhobener Finger auf den Himmel deutete, und von dem Mann, der da ganz hinten allein auf dem Strandwall stand.

Mehr als drei Wochen vergingen, ehe Fritha wieder zum Leuchtturm zurückkehrte. Der Mai neigte sich dem Ende zu – und auch dieser Tag, in einem langanhaltenden goldenen Zwielicht, das allmählich in den blassen Silberschein des Mondes überging, der schon früh im Osten heraufkam.

Als ihre Schritte sie dem gewohnten Ziel entgegentrugen, sagte sich Fritha, daß sie sich vergewissern wolle, ob die Schneegans wirklich dageblieben war, wie Rhayader so fest angenommen hatte. Vielleicht war sie aber doch noch fortgeflogen, das war ja immerhin möglich. Frithas Gang war jedoch merkwürdig beschwingt, als sie den Strandwall entlangschritt, und hin und wieder ertappte sie sich sogar dabei, daß sie lief.

Sie gewahrte den gelben Lichtschimmer von Rhayaders Laterne unten an seinem kleinen Bootssteg, und dort traf sie Rhayader auch an. Seine Jolle schaukelte leicht auf den Flutwellen, und er war eben dabei, Trinkwasser, Proviant und ein paar Flaschen Schnaps darin zu verstauen. Als er sie kommen hörte und sich zu ihr umwandte, sah sie, daß er ungewöhnlich blaß war, seine dunklen Augen aber,

die meist so freundlich und so ruhig dreinschauten, vor Erregung leuchteten und er vor Anstrengung keuchte.
Fritha erschrak und dachte gar nicht mehr an die Schneegans. „Philip! Fährst du weg?"
Rhayader unterbrach seine Arbeit, um Fritha zu begrüßen, und sein Gesicht hatte plötzlich einen Ausdruck, den sie noch nie zuvor gesehen hatte.
„Fritha! Wie schön, daß du gekommen bist! Ja, ich muß fort, aber ich komme bald wieder. Ich mache nur einen kleinen Ausflug." Seine sonst so weiche Stimme klang ganz rauh von alldem, was ihn so stark bewegte, daß er es nicht gleich in Worte zu fassen vermochte.
„Wohin mußt du denn fahren?" erkundigte sich Fritha.
Und jetzt sprudelte es nur so aus ihm heraus. Er müsse nach Dünkirchen. Hundert Meilen über die offene See. Eine britische Armee saß dort am Strand in der Falle, und wenn man den Eingeschlossenen nicht zu Hilfe kam, würden die vorstürmenden Deutschen sie vernichten. Im Hafen wütete das Feuer, und die Lage war hoffnungslos. Er hatte es gehört, als er im Dorf Einkäufe machte. Die Regierung hatte einen Aufruf erlassen, und die Männer von Chelmbury fuhren bereits mit ihren Booten aus, um so viele Soldaten wie möglich vor der Beschie-

ßung durch die Deutschen zu retten; alle Schleppdampfer, Fischerboote und Barkassen, die noch seetüchtig waren, fuhren zum Festland hinüber, um die Männer vom Strand auf die großen Transporter und auf die Zerstörer zu schaffen, die wegen der Untiefen nicht bis zur Küste heranfahren konnten.
Als Fritha ihn so reden hörte, hatte sie das Gefühl, als drehe sich ihr das Herz im Leibe um. Mit seinem kleinen Boot wollte er so weit auf die Nordsee hinaussegeln! Sechs Mann könne er gleichzeitig befördern, sagte er; zur Not auch sieben. Und er rechne damit, viele Male zwischen dem Strand und den Transportern hin- und herzufahren.
Das Mädchen fand nicht gleich eine Antwort. Sie war zu jung und unerfahren, um zu begreifen, was da in Frankreich geschehen war und was es hieß, wenn eine Armee in einer Falle steckte, aber sie witterte, daß Rhayader sich in Gefahr begab.
„Philip! Mußt du wirklich dahin fahren? Warum gerade du? Ich hab' solche Angst, daß du nicht wiederkommst!"
Rhayaders fieberhafte Erregung schien sich gelegt zu haben, als seine Zunge sich erst einmal gelöst hatte, und er erklärte Fritha nun alles in Worten, die sie verstehen konnte.
„Die Männer kauern da hilflos am Strand wie gejagte Vögel, Frith", sagte er, „wie die gehetzten

und angeschossenen Vögel, die wir so oft in unser Gehege mit heimgenommen haben. Und über ihnen kreisen stählerne Habichte und Wanderfalken und Gierfalken, und die Männer können sich vor diesen Raubvögeln aus Stahl nirgends verstecken. Sie sind schutzlos dem Sturm preisgegeben und werden von Jägern verfolgt wie unsere Gänseprinzessin, die du damals vor Jahren gefunden und zu mir gebracht hast und die wir wieder gesund gemacht haben. Diese Männer brauchen Hilfe ebenso nötig, mein Liebes, wie die wilden Vögel, auf die es unsere Jäger hier abgesehen haben, und deshalb muß ich unbedingt dorthin fahren. Es gibt nicht viel, was ich tun kann, aber dies kann ich tun. Diesmal – dieses eine Mal kann ich zeigen, daß ich auch ein Mann bin und meinen Posten ausfülle."

Fritha konnte ihren Blick nicht von Rhayader losreißen. Er hatte sich verändert! Zum erstenmal erschien ihr seine Mißgestalt gar nicht häßlich, sie übersah seinen Buckel und nahm nur die innere Schönheit wahr, die ihm aus den Augen leuchtete. Auch ihre Seele geriet in Aufruhr, es gab plötzlich so vieles, was danach schrie, ausgesprochen zu werden, aber sie wußte nicht, wie sie es ihm sagen sollte.

„Ich komme mit dir, Philip!"
Rhayader schüttelte den Kopf.
„Wenn du mitkämst, würdest du bei jeder meiner Fahrten einem Soldaten den Platz wegnehmen. Darum muß ich allein fahren."
Er zog den Gummimantel und die hohen Wasserstiefel an und stieg ins Boot. Dann winkte er und rief ihr zu: „Leb wohl, Frith! Wirst du dich um die Vögel kümmern, bis ich wiederkomme?"
Fritha wollte zurückwinken, aber sie konnte kaum die Hand heben. „Gott schütze dich", sagte sie nach altem Brauch. „Natürlich werd' ich nach den Vögeln schauen. Behüt' dich Gott, Philip!"

Inzwischen war es Nacht geworden, doch am Himmel leuchteten der Mond und die Sterne, und im Norden erglänzte noch ein ferner Widerschein des Tages. Fritha stand auf dem Strandwall und blickte dem Segelboot nach, das den von der Flut gestauten Fluß hinabglitt. Plötzlich vernahm sie hinter sich in der Dunkelheit das Rauschen von Flügeln, und ein schwerer Körper schwang sich an ihr vorbei in die Höhe. Und dann sah sie am hellen Nachthimmel ein Paar weiße, schwarzgeränderte Schwingen aufblitzen und den weit vorgestreckten Hals der Schneegans.

Die Gans stieg immer höher, überflog den Leuchtturm und folgte dann den Windungen des Flusses, auf dem Rhayaders Segel jetzt schräg vorm Wind lag, und mit ruhigem Flügelschlag zog sie hoch über ihm ihre Kreise.
Das weiße Segel und der weiße Vogel waren noch lange Zeit zu sehen.
„Wache über ihn! Paß auf ihn auf!" flüsterte Fritha, und erst als Boot und Vogel ihrem Blick entschwanden, wandte sie sich um und schritt mit gesenktem Kopf langsam auf den verlassenen Leuchtturm zu.

Von hier ab läßt sich unsere Geschichte nur mehr in Bruchstücken berichten, wie durch die Wiedergabe des folgenden Gesprächs, das von den Urlaubern in der Gaststube einer Kneipe in East Chapel geführt wurde.

„Eine Gans, 'n verflixtes Biest von einer Gans, so wahr mir Gott helfe", sagte der Gemeine Potton aus Seiner Majestät Infanterieregiment, den „London Rifles".

„Du spinnst ja", entgegnete ein O-beiniger Artillerist.

„'s war aber doch 'ne Gans. Jock hier hat sie genauso deutlich gesehn wie ich. Sie kam direkt aus dem Dünkirchner Dreck und Gestank und Qualm über unsren Köppen herausgeschossen. Schneeweiß, bloß auf ihren Flügeln hatte sie so schwarze Streifen, und sie kreiste über uns grad wie so 'n verdammter Tiefflieger. Und Jock hier sagte zu mir: ‚Nu sind wir geliefert. Da kommt schon der Todesengel angeschwebt.'

‚Quatsch', sagte ich, ‚das is bloß 'ne verkleidete Brieftaube mit 'ner Postkarte von Churchill, und er ließe fragen, ob uns das ewige Untertauchen auch Spaß macht. Die Gans da is 'n gutes Omen, und das heißt, daß wir aus der Scheiße hier doch noch 'rauskommen, mein Junge!'

Wir hockten gerade am Strand zwischen Dünkirchen und Lapanny, wie 'ne Schar gottverlassener Tauben am Victoria Embankment, und warteten drauf, daß der Jerry Hackbraten aus uns macht. Na, und das hat er ja auch getan. Er war hinter uns, is in unsere Flanke gestoßen und hat uns nicht schlecht was auf den Dez gegeben. Er gab uns Schrapnells zu schlucken und geballte Ladungen, daß es nur so krachte, und hat aus dem heiteren Himmel mit seinen gottverdammten Messerschmitts in uns hineingepfeffert.
Und draußen, 'ne halbe Meile weg von diesen verfluchten Sandbänken, lag die *Kentish Maid*, dieser alte Vergnügungsdampfer, der im Sommer immer für zwo Schilling und sechs Pence nach Margate gefahren is, schunkelte da auf den Wellen und wartete drauf, daß wir an Bord kommen. Und wie wir so am Strand liegen, so richtig mittendrin in der Falle, und fluchen, weil's gar keine Möglichkeit gab, zu dem alten Kahn hinzugelangen, geht da so 'n Stuka auf sie 'runter und wirft seine Eier rings um sie 'rum, daß das Wasser hochschießt wie diese hohen Fontänen im Schloßpark von Buckingham; das war schon 'ne Wucht, sag' ich dir!
Und dann kam noch ein Zerstörer und gab groß an: So 'nem Stuka muß man ganz anders beikommen, aber da geht schon ein zweiter Jerry auf den

Zerstörer los – und erwischt ihn auch. Liebe Zeit, und wie er hochging! Stand in hellen Flammen, bevor er absoff, und der Qualm is bis zur Küste 'rübergezogen, gelb und schwarz, und hat die ganze Luft verpestet, und da schießt plötzlich diese verflixte Gans 'raus und zieht immer wieder ihre Schleifen über uns, die wir da am Strand in unserer Falle sitzen.

Und mit einemmal kommt der Kerl in 'ner kleinen Jolle um 'ne Landzunge 'rumgesegelt, als ob's gar nix wäre, wie so einer aus 'm Jachtklub, der am Sonntagnachmittag bloß zum Vergnügen 'n bißchen bei Henley herumgondelt."

„Wer kam da an?" erkundigte sich ein Zivilist.

„Er! Dieser kleine Mann, der 'ne Menge von uns gerettet hat. Segelt glatt durch den ganzen Kugelregen, den so ein Jerry in seiner Messerschmitt losspritzt – ein Motorboot aus Ramsgate, das uns abholen wollte, war vor 'ner halben Stunde genau an der Stelle hops gegangen, und das Wasser schäumte nur so von all den Geschossen, die um das Segelboot 'rum in den Bach platschten, aber ihn kümmerte das gar nicht, nich die Bohne. Er hatte ja kein Öl und Benzin an Bord, das brennen oder explodieren konnte, und so segelte er mitten durch die Bescherung durch.

Hält direkt auf uns zu und taucht da plötzlich aus

dem dicken Qualm von dem brennenden Zerstörer vor uns auf – ein kleiner dunkler Mann mit 'nem Vollbart, einer Vogelklaue statt 'ner Hand und hinten einem richtigen Buckel.
Zwischen den Zähnen, die ganz weiß aus dem Bart hervorschimmerten, hielt er 'n Stück Leine, die gesunde Hand hatte er an der Ruderpinne, und mit der Klaue winkte er herüber, wir sollten kommen. Und die ganze Zeit fliegt diese verflixte Gans über unsern Köppen hin und her.
Jock hat bloß gelacht und sagte: ‚Siehste, jetzt haben wir's gleich hinter uns. Da kommt der Teufel in Person, um uns abzuholen. Der Mann muß ja 'n Klaps haben und weiß es bloß nicht.'
‚Quatsch', sag' ich, ‚der sieht doch viel eher aus wie der liebe Gott, meine ich.' Und das tat er auch, wie auf den Bildern im Lesebuch von der Sonntagsschule, mit dem weißen Gesicht, den dunklen Augen, dem Fußsack und dazu noch diese verflixte kleine Nußschale da.
‚Sieben Mann kann ich auf einmal an Bord nehmen', singt er aus, als er nahe genug heran ist.
Und unser Alter brüllt gleich los: ‚Gut, Mann!' Und zu uns, die wir am nächsten stehen: ‚Also die ersten sieben ins Boot!'
Wir wateten auf die Jolle zu. Ich war so fertig, daß ich nicht mal mehr übers Dollbord klettern konnte,

aber er packte mich am Kragen von meiner Uniform und sagte: ‚Hinein mit dir, mein Junge, nur zu! So, und nu der nächste!'
Und schon war ich drin. Liebe Zeit, der war kräftig! Und wie wir alle sieben drin waren, setzt er sein Segel, das zur Hälfte durchlöchert war wie 'n Sieb von der verdammten Munition dieser Stukas, und schreit uns zu: ‚Bleibt schön auf dem Boden liegen, Jungs, falls wir unterwegs noch 'n paar von euern Freunden begegnen', und da hatten wir schon Fahrt. Ich seh' ihn noch im Heck auf der Ruderbank sitzen, eine Schot zwischen den Zähnen, die andere in der verkrüppelten Pfote und die rechte Hand an der Pinne, und bugsiert uns mitten durch die Granaten durch, die 'ne Batterie, die ganz nah an der Küste aufgefahren war, zu uns 'rüberschickt. Und die verflixte Gans flog immer neben uns her und trompetete gegen den Wind an, noch lauter als der Krach, den der Jerry vollführte, wie die wildgewordene Hupe von einem Morris, wenn er in Winchester von der Hauptstraße 'runter muß.
‚Ich hab' dir ja gesagt, daß die Gans uns Glück bringen wird', sag' ich zu Jock. ‚Guck dir den Vogel doch an – sieht er nich aus wie 'n leibhaftiger Schutzengel?'
Und der kleine bärtige Mann an der Ruderpinne blickt zu der Gans 'rauf, die Schot immer zwischen

den Zähnen, und grinst sie an, als wär's 'ne gute Freundin von ihm. Er brachte uns zu der *Kentish Maid* und kehrte gleich wieder um, um 'ne neue Ladung von uns 'rüberzuholen. Bis tief in die Nacht hinein is er immerzu hin- und hergefahren, weil der verfluchte Feuerschein von Dünkirchen hell genug war, um sich zurechtzufinden. Ich weiß nicht, wie oft er diese Tour gemacht hat, aber er mit seiner Jolle und so 'n schnittiges Motorboot vom Themse-Jachtklub und 'n großes Rettungsfahrzeug für Schiffbrüchige, das aus Poole längs kam, haben alle Mann aus dieser Abteilung der Hölle herausgeholt, ohne daß einer dabei draufging.
Wir fuhren ab, als auch die letzten von unserm Verein herübergeschafft waren, und da waren wir mehr als siebenhundert an Bord, obwohl das Schiff bloß für zweihundert Passagiere zugelassen war.
Unser Retter war immer noch zugange, als wir abhauten, und er winkte uns noch zu, bevor er wieder nach Dünkirchen zurücksegelte, mitsamt seinem weißen Vogel. War schon 'n tolles Bild, wie diese große weiße Wildgans in dem Feuerschein immer um sein Boot 'rumflog, wie ein Gespenstervogel – mitten in den schwarzen Rauchschwaden.
Ein Stuka hat's noch mal mit uns versucht, is aber nicht ganz 'rangekommen; war wohl schon nachtblind geworden, und so hat er uns verfehlt. Und

wie's hell wurde, waren wir in Sicherheit und wieder daheim. – Ich hab' nie 'rausbekommen, was aus ihm geworden is und wer das überhaupt war, der kleine Mann mit dem Buckel und der Jolle. War jedenfalls 'n verdammt feiner Kerl, dieser Bursche."
„Man sollt's nicht glauben", sagte der Artillerist. „Eine große weiße Gans! Was es nicht alles gibt..."

In einem Offiziersklub in der Brook Street berichtete eines Tages Commander Keith Brill-Oudener, ein aktiver Marineoffizier a. D. und ein rüstiger Sechziger, von seinen Erlebnissen bei der Evakuierung von Dünkirchen. Man hatte ihn um vier Uhr morgens aus dem Bett geholt, erzählt er, und dann hatte er einen alten Limehouse-Schlepper, der schon Schlagseite hatte, über die Straße von Dover hinübermanövriert; mit einer Reihe von Themse-Leichtern im Schlepptau, die er viermal mit Soldaten beladen wieder zurückgebracht hatte. Auf der letzten Überfahrt wurde dem Schlepper der Schornstein weggeschossen, und außerdem bekam er mittschiffs ein Leck, aber sie hatten Dover doch noch erreicht. Ein Reserve-Marineoffizier, dem zwei Fischdampfer aus Brixham und ein Treibnetzboot aus Yarmouth während der letzten vier Tage der Evakuierung unterm Leibe abgesoffen waren, fragte: „Haben Sie je etwas über diese sonderbare Legende von der Wildgans gehört? An der ganzen Küste hat man davon gesprochen. Sie wissen ja, wie solche Dinge aufkommen. Es heißt, daß diese Wildgans in den letzten Tagen der Räumung immer wieder zwischen Dünkirchen und La Panne aufgetaucht sei, und wer sie sah, hatte eine Chance, noch heil herauszukommen. Daran glaubten viele ganz fest."

„Soso", sagte Brill-Oudener, „eine Wildgans. Ich habe in jenen Tagen nur eine zahme Gans gesehen. War schon ein Erlebnis, das einem an die Nieren gehen konnte. In einer Weise bestimmt sehr tragisch. Aber uns brachte es Glück. Werd's Ihnen gleich erzählen. Das war bei meiner dritten Tour. Gegen sechs Uhr abends sichteten wir ein steuerlos dahintreibendes kleines Segelboot, schien aber irgend jemand drinzuliegen. Weil eine Mütze 'rausguckte. Und ein großer Vogel hockte auf dem Dollbord.

Wir änderten unseren Kurs, als wir näher herangekommen waren, und hielten dann darauf zu, um nachzuschauen. Teufel noch mal, da lag wirklich ein Mann. Oder war mal einer gewesen, der arme Kerl! Maschinengewehrfeuer – Sie können sich ja denken. Einfach gräßlich. Gesicht hing ins Wasser. Und der Vogel war eine zahme Gans.

Wir fuhren längsseits, doch als einer von unseren Jungs 'rüberlangte, zischte die Gans ihn an und schlug mit den Flügeln nach ihm. Wir konnten sie nicht wegscheuchen. Plötzlich schrie der junge Kettering, der neben mir stand, laut auf und zeigte nach steuerbord. Eine große Treibmine schwamm da vorbei. Ein Prachtexemplar – als hätte der Jerry es besonders gut mit uns gemeint. Wenn wir unseren Kurs eingehalten hätten, wären wir regelrecht auf das Ding losgedampft. Deubel auch! Wir ließen die Mine etwa hundert Meter weit an unserem letzten Leichter vorbeitreiben, und dann machten ihr unsere Männer mit ein paar Salven den Garaus. Als wir uns wieder dem treibenden Boot zuwenden konnten, war es nicht mehr zu sehen. Muß gleich weggesackt sein. Und der Junge, der drin lag, mit. Hatte sich wohl in die Taue verwickelt, als es ihn erwischte. Die Gans war aufgeflogen und umkreiste die Stelle, dreimal – wie ein Flugzeug, das Ehrenschleifen fliegt. Nahm sich verdammt merkwürdig aus. Dann strich sie westwärts ab. War doch wirklich Dusel, daß wir den Kurs änderten, um nachzuschauen, wie? Komisch, daß Sie gerade auf diese Legende von der Wildgans zu sprechen kamen!"

Fritha war nun in dem alten Leuchtturm in der Großen Marsch allein, sorgte für die gezähmten Vögel und wartete – worauf, wußte sie nicht recht. In den ersten Tagen lief sie immer wieder auf den Strandwall hinaus und hielt Ausschau, obwohl sie sich sagte, daß es sinnlos war. Unruhig wanderte sie dann von einem Raum zum anderen und gelangte so auch in den Speicher mit den vielen aufgestapelten Bildern, in denen Rhayader jedes Licht und jede Stimmung der öden Marschlandschaft eingefangen und auch jede Stellung, jeden Ausdruck der so zauberisch anmutigen gefiederten Wesen festgehalten hatte, die dort lebten.

Unter diesen Bildern fand Fritha auch das Porträt, das Rhayader aus dem Gedächtnis von ihr gemalt hatte, als sie noch ein Kind gewesen war und windzerzaust und schüchtern mit dem verletzten Vogel im Arm auf seiner Türschwelle erschien.

Das Bild und alles, was sie darin zu sehen vermeinte, ergriff sie so tief, wie nichts zuvor sie je zu ergreifen vermocht hatte, weil es ihr so viel von Rhayaders Eigenart offenbarte. Merkwürdigerweise fand Fritha kein anderes Bild von der Schneegans – dieser verirrten Gänseprinzessin, die der Sturm aus einem fernen Land hierhergetrieben hatte, der sie die Freundschaft mit Philip verdankte und die nun mit

der Botschaft zu ihr zurückkehrte, daß sie ihn niemals wiedersehen würde.
Doch lange bevor die Schneegans aus dem rosig überhauchten Himmel im Osten niederstieß, um den Leuchtturm ein letztes Mal zu umkreisen, ahnte, nein, wußte Fritha bereits, daß Rhayader nicht zu ihr zurückkehren sollte.
Als sie daher eines Abends, wie gerade die Sonne unterging, den hellen wohlvertrauten Schrei der Schneegans vernahm, erweckte er auch nicht eine Sekunde lang eine falsche Hoffnung in ihr. Es war, als hätte sie diesen Augenblick schon viele Male durchlebt.
Sie lief sofort zum Strandwall, blickte aber nicht zu der Flußmündung hinüber, wo vielleicht ein Segel zu sehen war, sondern zum Himmel empor, aus dessen Flammenschein die Schneegans wie ein Senkblei herniederfiel. Dieser Anblick, dieser Schrei und die Einsamkeit ringsum durchbrachen die Schutzwehr ihres Herzens, und die Erkenntnis, daß sie Rhayader liebte, überwältigte sie so stark, daß sie ihren Tränen freien Lauf ließ.
Die beiden freien Geschöpfe der Natur verstanden einander, und Fritha hatte das Gefühl, als flöge sie neben dem großen Vogel und schwinge sich mit ihm zum Abendhimmel hinauf, um Rhayaders Botschaft zu lauschen.

Es war, als ließen seine Worte Himmel und Erde erzittern, und sie glaubte, dieses unsägliche Weh, das sie überkam, nicht ertragen zu können. ‚Frith! Fritha! Frith, meine Liebste! Leb wohl, mein Herz!' So hämmerten die weißen, schwarzgeränderten Flügel es ihr ein, und ihr Herz antwortete: ‚Philip, ich liebe dich!'

Einen Augenblick lang dachte Fritha, die Schneegans würde sich im Gehege niederlassen, da die gezähmten Gänse mit den gestutzten Flügeln sie mit einem aufgeregten Geschnatter willkommen hießen. Doch die Schneegans glitt nur im Tiefflug über sie hinweg, schwang sich dann wieder empor, umkreiste noch einmal feierlich den Leuchtturm und stieg höher und höher.

Als Fritha ihr nachschaute, vermeinte sie statt der Schneegans dort oben Rhayaders Seele zu sehen, die ihr noch einen Abschiedsgruß zurief, bevor sie für immer entschwebte.

Sie selbst stand nun wieder auf der Erde, stellte sich auf die Zehenspitzen, reckte die Arme zum Himmel empor und rief: „Gott schütze dich, Philip! Behüt' dich Gott!"

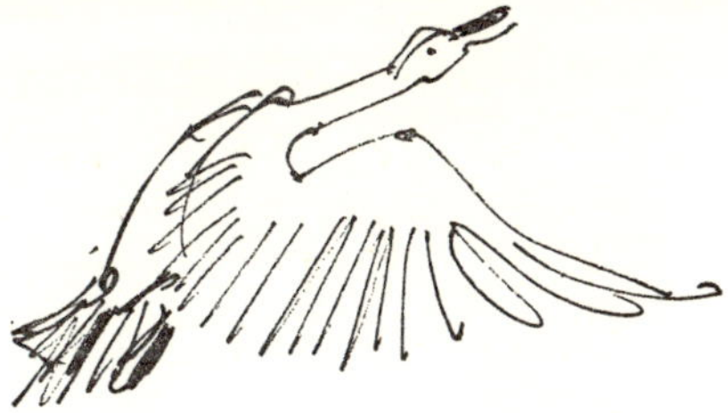

Ihre Tränen versiegten, doch blieb sie noch eine ganze Weile draußen stehen, als schon längst keine Schneegans mehr zu sehen war. Dann ging sie in den Leuchtturm zurück und holte das Porträt, das Rhayader von ihr gemalt hatte. Und das Bild zärtlich an sich pressend, trat sie, wie schon so oft, den Heimweg an.

Noch viele Wochen ging Fritha allabendlich zum Leuchtturm hinaus und fütterte die Vögel. Doch eines Tages hielt ein deutscher Pilot, der im Morgengrauen zu einem Angriff gestartet war, den alten Leuchtturm für ein militärisches Ziel, setzte auf ihn an, schoß wie ein stählerner Habicht darauf zu und machte ihn dem Erdboden gleich.

Als Fritha sich am Abend danach zur gewohnten Stunde einfand, hatte das Wasser das zerstörte Fundament bereits überschwemmt, und nichts erinnerte mehr daran, daß hier einmal ein Leuchtturm gestanden hatte. Von den Gänsen aus dem Gehege hatte es nicht eine gewagt, zurückzukehren. Nur die furchtlosen Möwen umkreisten den Platz und durchbrachen die Stille mit ihrem heiseren Klageschrei.

Johannes Kiefel Verlag, Wuppertal-Barmen 1970
Umschlaggrafik: Conny Siebert, Lage
Illustrationen: Emmy-Claire Haag, Stuttgart
Satz und Druck: J. F. Steinkopf, Stuttgart
Einband: Verlagsbuchbinderei W. Berenbrock, Wuppertal

ISBN 3 7811 0002 2